書下ろし

覚悟しやがれ

仕込み正宗②

沖田正午

祥伝社文庫

目次

第一章　男装の麗人

一

外濠の水面《みなも》に、寒月《かんげつ》が片割れの姿を映し出している。

対岸の石垣の上には、御三卿である一橋《ひとつばし》家の白塀が、月明かりに照らされぼんやりと浮かび上がっている。一橋家のさらに向こうに建つ、千代田《ちよだ》城は、今は闇の中にあった。

正月が二十日後に迫る、師走《しわす》は半《なか》ばにさしかかったころのこと――。

宵五ツ（午後八時）を報せる鐘が、遠く日本橋石町《にほんばしこくちょう》のほうから聞こえてきた。

人通りの途絶えた濠沿いの夜道を、一人の男と一匹の小犬が足を急《せ》かせている。

「すっかり遅くなっちまったな、みはり。早いところ戻ろうぜ」

佐七《さしち》という二十も半ばになる若者が、足元を歩く『みはり』という名の小犬に話しかけた。柴犬の幾分かかった雑種であるみはりが「わん」と吠えて返す。もとより、早く宿に戻って餌《えさ》にありつきたいみはりである。急かしたいのは俺のほうだとの思いが鳴き声にこもっている。

佐七は、仲間でもあり兄貴とも慕《した》う踏孔師《とうこうし》藤十《とうじゅう》と、南町定町廻り同心碇谷《いかりや》喜三郎《きさぶろう》が関わる事件の探索を済ませ、およそ半里先にある日本橋住吉町《すみよしちょう》の宿に戻る途中であった。

四月《よつき》ほど前の暑さが厳しかったころ、三人と一匹の力を合わせて難事件を解決したことがあった。

元邯鄲師《かんたんし》――。平たくいえば旅籠《はたご》に出没する枕探しのこそ泥であった佐七だが、その事件をきっかけに昔の因果は水に流され、今では仲間として一員に加わっていた。

久しぶりに喜三郎がもたらした、町方では手に負えぬ難事件である。

ここでいう難事件とは、謎を解くことよりも、町方同心が手をつけられぬ、地位のある武家などを相手にするとしたほうが当てはまるかもしれない。

「今夜は収穫がなかったな」

探索が空振りに終わり、佐七はがっかりとした声をみはりにかけた。

寒空の下、みはりを伴い某武家屋敷を探っていたのだが、糸口をつかむことなく日が暮れ、探索は徒労に終わった。

冷たい師走の風が、萎《しお》れた体に吹きつける。

「うぅー、寒《さぶ》い」

ぶるっとひと震えして、佐七は褞袍《どてら》の襟《えり》を合わせた。前方から吹きつける風に逆らい、前かがみとなって歩く。

一橋御門と神田《かんだ》橋御門の中ほどにある、馬場の前に差しかかったところであった。邯鄲師というのは夜目が利《き》く。一町先で人が数人かたまっているのを、ぼんやりとであるが、佐七の目がとらえた。何をしているのかまでは、判別はできない。

半町まで近づくと、遊び人風の男たちが四人、二人の男を取り囲んでいる様子が見えてきた。取り囲まれている二人とは、前髪の残る若衆髷《わかしゅわげ》の若侍と、その供につく老人のようであった。

「……あいつら、侍にちょっかいを出してるのか？」

佐七は呟《つぶや》きながらさらに十間ほどに近寄ると、男たちの声が聞こえてきた。

「んな夜更《よふ》けによ、なよなよした野郎と爺《じい》さんだけでは物騒だろうがあ。俺たちがよ、送ってやるてんだからよう、ちょいと出しなってんだ」

取り囲む男の一人が片手を差し出し、掌《てのひら》を上にしてぶらぶらとさせている。この上に、金を載せろという催促であることがうかがえる。無理やり金を奪い取ろうという、喝上《かつあ》げ強奪の輩《やから》であった。だが、どこか言葉の様子がおかしいと、佐七は聞いていて小さく首を傾げた。体が左右に揺れているのも変である。

――なんだ、酔っぱらっているのか。

と、そのとき佐七は思った。

佐七は若い侍のほうを見やった。若侍は目を瞑《つむ》りながら、男の言葉を黙って聞いている。落ち着きはらっているように、佐七には見えた。

若衆髷のうしろ髪は、背の肩口ほどまで垂れて、女人のように見える。弁柄《べんがら》色の小袖に紫紺《しこん》の平袴《ひらばかま》を穿《は》き、侍の姿ではあったが、刀は帯《お》びていない丸腰であった。顔の色は雪よりも白く、潤《うる》むような大きな瞳に鼻筋は通り、口はおちょぼ口である。

幾分薹《とう》は立っているが、頭に簪《かんざし》でも挿《さ》し、長振袖を着させたら当代の小町娘となろう美貌のもち主であった。

――ああいうのを、男装の麗人ていうのか。

以前聞いたことのある言葉を、佐七は思い出した。

姿は男装であると見抜き、相手が女と老人の二人連れであるのをいいことに、無頼《ぶらい》たちはちょっかいを出していたのである。

無頼たちは、佐七とみはりの接近に気づいてはいない。今宵の稼ぎにありつこうと、気を一点に集中させていた。

佐七はそのとき、いかにして二人を救おうかと考えていた。夜目が利いて足が速いものの、腕っ節はまるっきりである佐七は、無頼四人を相手に立ち向かうほどの度胸はない。

じっと男装の麗人を見ると、顔にはうっすらと笑みが浮かんでいる。無頼に絡《から》まれているという怯《おび》えは微塵《みじん》もなかった。余裕すらうかがえる。

――俺の出る幕ではねえか。
二十四、五歳に見える男装の麗人の物腰を見て安堵《あんど》した佐七は、幾分遠ざかってこの成り行きを見届けることにした。
「何を出せと申すのだ？」

麗人は、女声を出して男言葉で抗《あらが》う。

「惚《とぼ》けるんじゃねえ。出せと言ったらよ、あれしかねえだろうがよう」

酔った口調で、さらに脅しにかかる。

「よし。ならば、今出してやろうではないか」

「分かったんならよう、早く出しやがれってんだよう」

「あっかんべー」

言って麗人は、小さな口を広げると舌を差し出して見せた。

「あれ？　なんだ、こんちくしょう　人を馬鹿にしてやがるな。しょうがねえ、こうとなったら腕ずくでもふんだくってやる」

兄貴格と思える男が、片袖をめくって二の腕を晒《さら》した。筋彫りで描かれた刺青《もんもん》の一端をのぞかせ、脅しに威厳を乗せた。蛇の彫り物か、月明かりの中でその尻尾《しっぽ》の先が見える。

「なんだ、そんなもんちらつかせよって。それでこちらが怯えるとでも思っておるのか。人を怖がらせるのであれば、きちんと色を入れて来い」

「色はこれから入れるところだ。今は、その途中……そんなこたあどうでもいい。どうしても、金を出さねえってんならよう、無理やり出させるまでだってんだ」

麗人のもの言いに触発され、四人は躍起《やっき》となった。

「しょうがねえからよう、やいてめえら……」

兄貴分から威勢をかけられると、一斉に懐に手を入れ光るものを出した。鞘《さや》から抜かれた九寸五分の切先を麗人と、その供の老体に向ける。

「美鈴《みすず》様、いかがなされます？」

下男の口から、麗人の名が出た。

「美鈴様だってよ。やっぱしよう、女だぜ。だったら兄貴、金ばっかりでなく……」

「寒いから温まろうってのかよう？　おめえ、たまにはいいこと言うじゃねえか。あ、やんべえやんべえ」

弟分の提言に、兄貴格の男はにんまりとしてその黄色くなった歯並びを、月明かりに晒した。

「何をくだらぬことを言っておるのだ。こういう輩は痛めつけぬと仕方がないな。ならば六助《ろくすけ》……」

美鈴は、斜めうしろに立つ下男の名を呼んだ。六十歳にもなろう、皺《しわ》の多い六助という下男にも怯えた様子がない。

「はい、美鈴様」

六助の背中には、棒状の風袋《ふうたい》が背負《せお》われている。結び目を解き、六助は包みを開いて中のものを美鈴に手渡した。

「どこからでもかかってまいれ」

美鈴が片手でもって正眼に構える得物には鍔《つば》がなく、白鞘に収められて月光の下では木剣に見える。美鈴は、片方の手で懐にある財布を抜き取ると、追剝《おいは》ぎたちの目の前に差し出した。

「この財布には二十両の金が入っている。見事に拙者《せっしゃ》を討ち果たしたら、遠慮《えんりょ》なくもっていかれるがよかろう」

四人に対する挑発である。

「二十両だってよう、兄貴……」

「ああ、遠慮なくいただいてよ、そのあと体を温めてもらおうじゃねえか、なあ。ええ、えへへ……」

奇妙な笑い声をまじえて、兄貴格は威嚇《いかく》を発する。しかし、大言を放ったそのすぐあと、無頼の四人は震撼《しんかん》することになった。

木陰に潜《ひそ》んで経緯を見やる佐七も、仰天《ぎょうてん》の毛を逆立たせる。

美鈴は懐に財布をしまった手で、剣の胴を握った。そして、おもむろにもった柄《つか》を引き抜くと、乱れ刃文の抜き身が月の光を浴びて輝きを放った。木剣と男たちに見えたのは、白鞘に収められた刃渡り二尺三寸の大刀である。

「刀匠《とうしょう》の手により、この日仕上がったばかりの業物《わざもの》である。ちょうどよい、この四人で斬れ具合をたしかめたくなった。のう、六助かまわぬかのう？」

麗人は、顔に似合わず怖ろしげなことを口にした。だが、本気でない様子が、佐七にはうかがえる。

「仕方がございませんな、美鈴様。こ奴らが悪いことは、爺も重々承知しておりますから、思う存分お試しなされませ。ええ、こんな輩は世の中からいなくなったほうが……おや？　これほど言ってもまだ逃げませせぬな」

六助という下男の口調は、怖気づいて無頼の四人が逃げることを期待してのものだと、佐七は取った。

「何をしゃらくせえ。そんななよなよしててよう、刀が振り回せるもんかよ。べらぼうめだってんだ……黙って銭を出しやがれ」

虚仮《こけ》にされたと怒り、たじろぐ様子もなく、むしろ無頼たちはいきり立った。どうしても、金を奪わなければならぬという、切羽詰まった気迫が感じられる。

大声を出そうが、濠の片側は騎兵番所の塀が三町に亘《わた》ってつづくところだ。塀の向こうは、乗馬の訓練をする馬場である。少々の声では、中まで届くはずもない。通りには猫の子一匹見当たらぬ。佐七とみはりが、木陰に隠れている以外は——。

放つ啖呵《たんか》が濠の水面を伝わり、驚いたか、水鳥の羽音だけが闇の中から聞こえてくる。

「どうしても金が欲しいのか？」

「ああ、どうしてもだ。二十両はこっちのもんだってんだ。半吉《はんきち》に竹松《たけまつ》に大八《だいはち》、いいからやっちめえ」

「おい、よせ。怪我をするぞ」

段平《だんびら》を抜けば、てっきり無頼たちは逃げると思っていたのが美鈴の誤算であった。それどころか、江戸の無頼を怒らしてしまった。

「これはまずい。六助、逃げるぞ」

「はい、美鈴様……」

匕首《あいくち》を腰に据えて構える無頼たちに向け、刀を一振りすると道が開いた。そのすきを抜け、一橋御門の方へと美鈴と六助が駆け出した。

佐七とは逆の方角だ。

女と年寄りである。逃げ足はさほど速くない。

「おっ、逃げやがら。待ちやがれってんだ、この野郎」

一言気合いを入れて、無頼たちが匕首を振り回しながら追いかけはじめた。しかし、酔っぱらっている四人の足は、逃げる二人と同じ速さの鈍足《どんそく》であった。

佐七は、あとを追ってその後の成り行きを見届けようとしたが、やめた。美鈴と六助が逃げ出したのは、斬るに忍びがたかったからと、佐七は解釈していた。しかし、追いかけられたら気持ちも変わるだろう。

「あんな馬鹿な奴ら、どうなっても知らねえよなあ、みはり」

無頼たちがどう痛めつけられようが、あずかり知らぬところだと、佐七は足元にいるみはりに話しかけた。

無頼たちの姿は、五町先で闇の中に消えた。

「藤十さんたちが待っている。早く帰ろうぜ、みはり」

「わん」と一吠え返し、みはりが先に歩きはじめた。

「おお、寒《さぶ》……」

木陰に隠れて、喝上げの現場を見ていたせいか、佐七の体はすっかりと冷えきっていた。

「へーっくしょん、ちくしょうめ」

大きな嚔《くさめ》を一つ放つと、佐七はみはりのあとを追った。

二

腹が減ったと、途中蕎麦《そば》屋の屋台で夕めしを済ませ、佐七とみはりが住吉町の左兵衛《さへ》店《えだな》に戻ったときは、長屋の灯りがすっかりと消えた、夜五ツ半刻（午後九時）であった。

六軒連なる棟割長屋の中に一軒だけ、ぽつんと表戸の油障子が黄色く染まっている宿があった。佐七は、その表戸の前に立つと、ゆっくり腰高障子を開けた。

「ただ今戻りやした」

声を中に通して、佐七は一畳の広さもない三和土《たたき》に立った。みはりも一緒に中に入ると、疲れた様子でそのまま土間に横たわる。

「おお、遅かったじゃねえか。ご苦労だったな。寒かったろう、早く上がって炬燵《こたつ》にあたれ」

佐七に労《ねぎら》いの言葉をかけたのは、踏孔師の藤十であった。踏孔師とは自らが呼称し、平たくいえば足で踏みつけて療治をする、足力按摩《そくりきあんま》のことである。

柿が熟《う》れたような、櫨染《はじぞめ》色の袷《あわせ》に太縞の褞袍を被《かぶ》せ、五尺六寸（約一七〇センチ）

ある大柄の体を猫のように丸めている。炬燵にあたりながら、佐七の帰りを待ち受けていたのであった。

「めしは食ったか……食ってなきゃ、何か作ろうかい？」

言ったものの、炬燵から出ようともしない。気持ちだけ受け取れと、佐七は解釈していた。

「へえ、夜鳴きで蕎麦を食いやしたから、腹は減っていやせん」

「そうかい、そいつはよかった。あんまり遅かったんで、何かあったかと心配してたぜ」

「そいつは、申しわけありやせんでした。ところで、喜三郎の旦那は？」

「ああ、どうしても奉行所に戻らなきゃいけないって、一刻前に帰っていった。話は明日聞くとのことだが。……それで、どうだった？」

探りの報告を聞くために、藤十は起きて佐七の帰りを待っていたのである。

「面目《めんぼく》ねえ。夕七ツ半ごろからずっとみはりと一緒に見張ってやしたが、何もつかめやせんでした。暗くなってもなんの動きもなく……」

佐七は、この日の経緯を大まかに語った。探っている事件に進展はなかった。

「とんだくたびれ儲《もう》けでありやした」

「そうかい。まあ、仕方ねえぜ。この事件はそう簡単に尻尾をつかめるもんじゃねえ。ゆっくりとやろうや」

言って藤十は炬燵の中から出ると、茶簞笥《ちゃだんす》にしまっておいた一升徳利を取り出した。片手に湯吞を二個もっている。

「火は落としたんで、冷《ひや》だがいいか？　一杯寝酒といこうじゃないか」

藤十は再び炬燵に足をつっ込みながら、佐七に湯吞を差し出した。

「冷だろうがなんだろうが、暖かさは伝わりまさあ」

役者にしてもいいような、その端整な顔を緩めて佐七が言った。女が放ってはおかないほどの色男が、以前は邯鄲師という枕探しのこそ泥であった。それが、殺しの疑いで八丁堀《はっちょうぼり》の碇谷喜三郎から追われ、藤十に匿《かくま》ってもらったときからの縁である。濡《ぬ》れ衣《ぎぬ》が晴れたそれ以降、こそ泥からは足を洗い、喜三郎がもたらす難事件の解決に一役買っている。そんなところから、今ではようやく人並みの生活ができると、佐七は万感の思いを抱いていた。

「さっ、一杯やりな」

徳利の口を出して注ぐ、藤十の酌《しゃく》を受けながら佐七は頭を垂れた。こんな藤十の気遣いが、佐七には堪《たま》らなかった。氷水のように冷たい酒ではあったが、喉を通り過ぎたときには、何よりも代えがたい温《ぬく》もりとなって、五臓六腑に染みわたる。

「ところで藤十さん。帰りしなにこんなことがありやして……」

佐七は、一口酒を胃の腑の中に収めると気持ちを落ち着かせ、外濠端の騎兵番所の前であったことを語りはじめた。

探索が不首尾に終わったことで当座の話題もなく、佐七としては酒の肴《さかな》の、四方山《よもやま》話のつもりであった。

「……そのあとどうなったか知りやせんが、きっと痛めつけられたんじゃありやせんかねえ、あの酔っぱらった野郎ども」

佐七から、野郎言葉が抜けきらない。それでも藤十は、黙って佐七の話を最後まで聞き入った。

「それで、若衆の形《なり》をした女は、そんなに腕が立ちそうだったかい？」

「ええ、あっしが見たところじゃ、えらく強いんじゃねえかと。それに、お供についてた爺《じじい》もただ者じゃねえらしく、いやに落ち着いていやした。あんな奴らに絡まれちゃ、普通怖気づくのがあたりまえでしょうにねえ。そんなんで、あっしの勘ですが相当腕が立つと……」

「そうだろうなあ。まあ、そんな奴らがどうなろうとどうでもいいや。どうせ、酔っての上の絡みだろう」

藤十は、佐七の話をさして気にとめることなく、欠伸《あくび》を噛み殺した。佐七は、藤十の眠たそうな様子に、残っていた茶碗酒を呑み干してから腰を上げた。

「そうでやしたら、もう、寝るとしやすかい。それじゃ、お休みなすって……」

「ああ、お疲れさん。また、あしたな」

佐七は同じ長屋の二軒となりに住んでいる。

「みはり、行くぞ」

土間に寝ていたみはりを起こし、佐七は自分の宿へと戻って行った。

寒月が南の空に浮かんで、江戸八百八町を照らしている。佐七が、住処《すみか》の腰高障子を開けたと同時に、夜四ツ（午後十時）を報せる鐘の音が聞こえてきた。早打ちが三度鳴ってから、本撞《つ》きがはじまる。一つ目の鐘の余韻《よいん》を聞いて、日本橋石町で鳴らす鐘の音色だと佐七は思った。


翌日の朝は、霜が下りるほどの冷え込みであった。

藤十は自分の宿で、喜三郎が来るのを待っていた。約束では、巳《み》の刻（午前十時）に来ることになっている。巳の刻は四ツである。

冬のお天道さまは東南から昇り、すでに中間にあった。巳の刻までは四半刻（約三〇分）あろうか。

踏孔按摩の仕事道具である足力杖の手入れを、藤十は怠《おこた》らない。丁の字型の足力杖は、人の背中に乗って療治を施《ほどこ》すとき、左右の脇の下にあてておよそ十五貫（約六〇キロ）の体重を加減するのになくてはならない道具であった。軸となる胴の部分は刀の鞘ほどの太さがあり、杖の先端は鉄鐺《てつこじり》で補強されている。

二本ある足力杖の片方に、藤十は仕掛けを施してあった。いわゆる、仕込み刀である。

全長四尺五寸ある足力杖は、先端一尺二寸が鞘となり、刃渡り九寸二分の刀剣部分が隠されている。鞘に収められているうちは、傍目《はため》にはそれが仕込みであることは分からない仕組みとなっている。

ときの老中板倉勝清《いたくらかつきよ》の落胤《らくいん》である藤十は、母であるお志摩《しま》の元で育てられ一介の町人として成長した。齢は数え三十歳になる。藤十が幼いとき、父である勝清から子の証《あかし》として授けられた脇差を、さほどの銘があるとも知らずに改良したのが、足力杖の仕込み刀であった。

脇差の茎《なかご》には『相州五郎入道正宗《そうしゆうごろうにゆうどうまさむね》八代孫綱廣《つなひろ》』と刻印されているはずだ。好事家《こうずか》の目に留まれば、数千両の値がつく代物である。藤十はそれを知らずに、刀鍛冶に打ち直させた。

　仕込み刀の鞘を抜き、打粉《うちこ》をあてて刀身を磨いているところであった。

　いきなり腰高障子が開くと、挨拶《あいさつ》をするのももどかしい勢いで、喜三郎が入ってきた。約束の巳の刻には、まだ刻を残す。

「藤十、いるかい？」

「どうしたい、いかりや？　やけに早かったな」

　二人は『藤十』『いかりや』と呼び合う仲である。

　南町同心碇谷喜三郎と藤十とのつき合いは、十六歳のときからはじまる。霊岸島《れいがんじま》にある『創真新鋭流《そうしんしんえい》』という流派の剣術道場に通い、同じ齢であることから気心が合い、互いに切磋琢磨《せっさたくま》して、剣の腕を磨いていった。知り合ってかれこれ十四、五年が経つ。

　藤十は、踏孔師の傍《かたわ》ら、一人でも世の中から極悪非道の輩がいなくなればと、『悪党狩り』をかって出ていた。喜三郎も、町奉行所の手に負えなくなった事件を藤十に委《ゆだ》ね、町方とは別の方向から探ることがあった。近ごろでは、友というより悪党退治の仲間といったほうがよいかも知れない。

今手がけている事件も、その一端であった。

このとき三人が探っている事件とは、巷間《こうかん》、若い者たちの間で蔓延《まんえん》している『逢《おう》麻《ま》』と呼ばれる御禁制の薬に関わることであった。

「いや、すまねえ。新たな事件がもち上がってな、そっちに行かなくちゃならねえんで。それで、その前《めえ》にと思ってな」

「相変わらず忙しい野郎だな。なんだ、その事件てのは？」

「それが、どうやら辻斬りみてえで……」

「辻斬りだと……どこでだ？」

暗がりの往来で、通りすがった人を斬る卑劣《ひれつ》な犯行である。辻斬りと聞いただけで、藤十は憤《いきどお》り片膝を立てた。

「ここからは少し離れてるんだが、外濠の馬場前ってことだ」

「なに、外濠の馬場だと？」

藤十の驚く様子に、喜三郎は首を捻《ひね》った。

「どうしたい。何かあったのか？」

「外濠の馬場ってのは、たしか騎兵番所のか。濠の対岸は一橋様……」

「そうだ。何か心あたりでもあるのかい？」

藤十の目線は、二軒となりの佐七の宿に向いている。

「訊くが、殺されたってのは、ならず者風の若い奴らじゃねえのか？」

「なんで知ってる？」

喜三郎の、驚く目が藤十に向いている。

「そうだ、今奴らって言わなかったか？」

「ああ、言ったが、それは四人か？」

「いや、殺《や》られたのは一人だ。おい、禅問答をしてる閑《ひま》はねえんだ。どういうことだか、早《はえ》えところ話しちゃくれねえかい」

焦《じ》らされる喜三郎がひと膝繰り出し、藤十に詰め寄った。

麻薬である『逢麻』の、売人元締めを探っているときに、佐七が出くわした事件であった。

「この話をもたらしたのは、佐七なんだ。きのうの夜……馬場の前で四人の遊び人が人を脅してどうのこうの……聞いてたのはこのへんだけだ。ああ、どうも思い出せねえ」

藤十は、四方山話として佐七から聞いた話を、思い出しながらも語ったが、どうも内容の要領がつかめない。

「なんでえ、頼りねえな」

「眠いところに聞いてたんで、どうも……」

喜三郎に詰《なじ》られ、面目ないと藤十は小鬢《こびん》をかいた。

「何言ってんだか、さっぱり要領がつかめねえな。

「今、植松《うえまつ》の親方のところに行ってる。いかりやが来るってんで、巳の刻には戻るはずだ。この時季、植木職人は閑なんで、佐七も思う存分動けるってんで張り切ってるぜ」

佐七は、藤十と喜三郎の片腕となって事件の探索を本来の仕事としている。その傍ら、普段は植木の職人として表の顔を晒しているのであった。事件が起きれば植木職人はあとまわしとなり、探索を優先する。親方である植松も、それを承知で藤十の与力にあたっていた。

「そうかい。だったら、来るまでもう少し間がありそうだな。ならば待ってようか。それで、あっちのほうなんだが……」

「ああ、何もつかめなかったと、そう五ツ半ごろだったかな、がっかりして帰ってきた。その代わりといっちゃなんだが、その辻斬りに出くわしたらしいんだ」

喜三郎が藤十のところに寄ったのは、今探っている事件の経過を知るためであった。佐七の報告を聞きにきたのだが、新たな事件が勃発《ぼっぱつ》したため、経過だけ聞いてすぐに取って返すつもりであったのが、妙な成り行きとなってきた。

喜三郎は、いずれにしても佐七に会っておかねばならなくなった。

「何もつかめねえと言ったって、手ぶらじゃ帰ってこねえ野郎だな。俺のところの下っ引きとえれえ違《ちげ》えだ」

喜三郎は、苦笑を漏らしながら言った。佐七のことを頼もしく思うものの、直属の配下ではない。

「それにしても、もう少しで黒幕が分かるってのに、やはり渋《しぶ》てえもんだなあ」

腕を組みながら、喜三郎が嘆いた。

「そんな簡単には、黒幕なんてのは出てくるはずはねえよ。ここはじっくり攻めないと、しくじりかねないからな。あんな、人を苦境に貶《おとし》める逢麻なんてのを、造って売るような奴らを野放しにはしておけねえ」

藤十は、憤りで言葉の尻を吐き捨てるようにして言った。

三

御禁制の薬とは、一口に言えば『麻薬』と呼ばれるものである。その一つに、阿芙《あふ》蓉《よう》と呼ぶ、芥子坊主《けしぼうず》から造られる麻薬がある。阿片《あへん》というほうが知る人は多いか。主に、隣国である『清《しん》』から密輸されて来るが、厳しい統制下では蔓延するほどには至っていない。

今、この江戸で若者たちを蝕《むしば》んでいる『逢麻』とは、麻《あさ》の葉を乾燥させて造られたもののことをいう。野生の麻は、この国のいたるところで群生している。麻の本来の用途は広く、衣類から麻縄までの加工品として応用され、重宝されていた。それがいつしか、麻の葉には気分をよくする働きがあると、どこかの誰かが気づいたのである。

原料は幾らでも手に入る。これを大量に造って売れば、大儲け間違いなしと考えた者がいても、なんら不思議ではない。いつしか『逢麻』という名で、そっと人目に触れぬところで売りに出されていた。

逢麻とは、逢魔刻《おうまがとき》をもじって名づけたのであろうが、名の由来は定かではない。

「——逢麻ってなんですかい？」

以前に佐七が聞いたことのない言葉を耳にし、喜三郎に訊いたことがある。

「逢麻ってのはな……」

阿芙蓉とは違い、簡単に手に入れやすい。比較的安価というところから、若者が安易に手を出し、それがやみつきとなって止められなくなり、廃人となって死に至る者が多発していた。

摂取の仕方としては、煙草と同じく煙管《きせる》の雁首《がんくび》に詰めて煙を飲む方法がある。すると、心の臓の脈が早打ちをきたし、全身の血の圧が上がる。

「気持ちは高揚し、天にも昇った心持ちになるらしいんだ。これが、こたえられねえんだろうなあ」

次第《しだい》に目に見えないものが現れて見えてくる。いわゆる幻覚というやつだ。そして、さらに過度に服用すると心の臓の機能が低下し、やがて停止して死亡に至る。

「……それでな、服用直後に脳卒中を引き起こすこともあって、あっという間に死んじまうっていう怖ろしいもんだ。おめえ、間違ってもそんなもんに手を出すんじゃねえぞ」

喜三郎は逢麻のことをひとしきり説《と》いていた。

「へえ、おっかねえもんですねえ」

　佐七はこれで、逢麻というのがなんたるかを知った。

　逢麻の密売をくい止めよと、南北奉行所定町廻り同心十二人に命が下ったのが、ひと月ほど前であった。南町奉行所に属する碇谷喜三郎も、その内に入っている。根絶やしにするには、その製造元と売人の元締めをとらえなくてはならない。だが、これまでにつかまるのは小物の密売人ばかりであった。

　同心一同、一斉に探索に乗り出したものの、小物から先の経路がぷっつりと途絶え、なかなか元締めまでは辿《たど》りつくものではなかった。そして昨今、逢麻が引き金になったと思われる事件が頻発していた。

　逢麻はやみつきになる。その依存性が悪事を引き起こす。服用した本人の体を蝕むことより、むしろ問題はこちらのほうにあった。

　逢麻を手に入れるには、銭ではなく金というものが必要になってくる。いくら阿芙蓉より安価とはいえ、匁《もんめ》単位で手に入れるには小判をもっていなくてはならない。

　すでに逢麻の魔の手にかかった者は、真っ当な稼ぎでは賄《まかな》うことができないのである。

「――ああ、吸いてえなあ」

摂取が途絶え、禁断症状が現れた者は、涎《よだれ》を垂らしながら逢麻を渇求する。しかし、先立つものがなければ、手に入れることは叶《かな》わぬ。となれば、他人《ひと》のものを――。

町方の同心たちは、付随する事件のほうに追われ、その発売元の探索どころではないと、徐々におざなりになっていった。

他の同心たちが、頻発する事件にかかりきりとなるも、喜三郎だけは元締めの探索に力を注いだ。

「――こっちをふん縛《じば》らねえと、どうしようもあるめえ。おめえだけが頼りだぜ」

与力の梶原《かじわら》から、直《じか》に言い渡された喜三郎は、この探索の相談を藤十と佐七にもちかけた。

「なんといったって、悪の根源は逢麻を売り捌《さば》く元締めたちだ。てめえらだけ相当儲けてやがって、いい気になっていやがるんだろう。人の不幸の上で胡坐《あぐら》をかいている奴らは、勘弁ならねえ」

そう息巻いて、藤十は二つ返事で喜三郎の助《すけ》を買って出た。なれば、佐七も藤十に従う。

探索をはじめて半月が過ぎた。しかし、これはと臭《にお》うものの、なかなか尻尾をつかむことができぬまま、今日に至った。

昨夜佐七が探りに行ったところも、これといった根拠があるわけでもなかった。ある筋からの噂を聞きつけ、様子を探りに出向いたが、途労に終わったのであった。


「おはようございやす……」

佐七の声が聞こえたと同時に、腰高障子がいきおいよく開いた。

「おう佐七か、待っていたぜ」

ひとしきり、藤十と逢麻の話をしていた喜三郎が振り向いて言った。

「旦那、もう来てたんですかい。すいやせん、遅くなりやして」

「いや、まだ四ツの鐘は鳴ってねえよ。俺が早く来すぎたんだから、おめえが謝ることたあねえ。それよりか、佐七に聞きてえことがあるんで待っていたんだ」

佐七は雪駄《せった》をぬいで、畳の擦《す》り切れた座敷に上がった。

「昨晩のことは藤十から聞いた。どうやら、空振りだったみてえだな」

三人が、狭い部屋の中で三角の形となる。佐七が坐ると早々、喜三郎が挨拶代わりに言った。

「へい、あいすいやせん」

「どうもまだ俺に引け目があるようだな。いちいち、謝らなくたっていいぜ」

「へい、すいやせん」

元はこそ泥の佐七である。喜三郎の懐にしまった十手の朱房の先が、胸元からちらついて見える。いくら喜三郎の人柄に馴《な》れたとはいえ、抱える十手に弱みを見せる佐七であった。

「また謝りやがら……まあいいや、きりがねえ。実はな佐七……」

喜三郎が、用件を切り出した。騎兵番所前での辻斬りの一件であった。

「それを藤十に言ったんだが、どうも要領を得ねえ」

「悪かったな」

藤十が、不機嫌な思いをあらわにして口を挟んだ。

「それでだ、佐七から直《じか》に話を聞こうと思ってな」

藤十の横槍を意に介すことなく、喜三郎は佐七に語りかけた。

「……まさか」

佐七の驚く目は天井を向いている。

「なんだい、まさかって？」

呟く声が喜三郎の耳に入っていた。

「へえ、昨夜の帰りなんですが……」

こんなことがありやしたと言ってから、佐七は濠端で見てきたことを語った。きのう、藤十に話したことを繰り返す。

藤十が、ふんふんとうなずきながら聞いている。

「なんだ、きのう藤十さんは聞いてなかったんですかい？」

「すまねえ、眠くなっちまってな。昨夜《ゆうべ》は半分頭ん中が寝てた。だけど、喜三郎のもってきた事件と、佐七のこの話だろ。仰天してようやく目が覚《さ》めたところだ」

藤十は、話の髄《ずい》は呑み込めたようだ。

「佐七が今まさかって言ったのは、美鈴という名の男装の麗人ってことかい？」

佐七の呟きは、藤十の耳にも入っていた。

「ええ、左様で。まさか、あの女が人を斬ったなんて思えないんで」

「だが、その美鈴ってのと、六助だっけ。そんな爺さんを追いかけりゃあ、すぐにおっつくだろうよ。若けえ奴らなんだろうから」

「いや、酔っぱらってたみてえでして、それで追う足の速さは、逃げる女と爺さんと同じぐれえだと。そんなんで、あっしは奴らがどうなってもいいと思い反対方向に……」

「酔っぱらってただと？　それじゃあ、しょうがねえなあ」

「しょうがねえじゃねえだろう、いかりや」

「ん……なんだと？」

藤十の言い草に、喜三郎の訝《いぶか》しげな表情が向く。

「そのぐれえ、分からねえのか？　八丁堀さんよ」

町方同心を虚仮にするような、藤十の口調であった。

「そんな言い方、よせやい。合点《がてん》がいかねえから訊いてるんじゃねえか。人を馬鹿にするようなもの言いはやめろ」

「すまねえ、そんなに怒るな、いかりや。だってそうじゃねえか、佐七が来る前に俺と何を話してたい。逢麻を欲しがっている奴らが、悪さをして、しょうがねえて話じゃなかったか？」

「あっ、そうか。ていうことはそいつら……」

二人の話を、佐七は首を傾《かし》げて聞いている。

「いやな、佐七。おめえが来る前、俺といかりやは例の逢麻の話をしてたんだ。それで、追剝ぎの輩が増えてしょうがねえとな。昨夜佐七が出くわしたその四人の奴らも、酒に酔ってたのではなく、逢麻に取りつかれてたんじゃねえかってことだ。あんなのを吸ってちゃ、駆ける足だって鈍くなるだろうよ。まあさしずめ、麻薬が切れて金が欲しかったのだろうよ」

藤十が語ったところで、ポンと手を打ち鳴らす音がした。

「それで、どうしても二十両の金が欲しいと、ひと踏ん張りして追いついたところ、逆に一太刀でやられちまったのか。これは、その男装の麗人てのを捜さなくちゃいけねえな」

喜三郎が、得心した面持ちで言った。

「でもなあ……？」

これで事件のけりはついたと、ほくそ笑む喜三郎の顔を見ながら、佐七は首を捻った。

「どうしたい、佐七。腑に落ちねえことでもあるのか？」

面白くなさそうな、喜三郎の面持ちであった。

「へえ。ですが、どうしてもあの人がやったとは思えねえんで。旦那にはすまねえが」

「べつに謝ることはねえが、どこがどう腑に落ちねえんで？」

穏やかに話をしているようだが、喜三郎の口調は佐七には突っかかって聞こえた。

「他人《ひと》一人、簡単に斬り殺すほどの奴なら、どうして逃げる手を打ったんでしょうねえ。よしんば、追いつかれたとしても、刀の棟で打つとか、何も一刀両断で斬ることはねえでしょう」

佐七が言った。

「そうだ、いかりや。おめえ、仏さんの面を見たのか」

藤十が、話の矛先《ほこさき》を変えた。

「いや、まだだ」

「だったら、これからみんなして行こうじゃねえか。俺は、夕方按摩療治に呼ばれてるから、それまでつき合うぜ。詳しい話は、それからでもいいんじゃねえのか」

そうしようと、喜三郎の声を聞いて藤十は丁の字の足力杖を二本、肩に担いで立ち上がった。

「みはり、行くぞ」

佐七は、土間に寝そべるみはりに声をかけて、腰高障子の敷居を跨《また》いだ。定町廻り同心、足力杖を担いだ踏孔師、そして印半纏《しるしばんてん》を着た植木職人の三人が並んで歩く光景は、傍目にも異様に見えた。それに、柴犬のかかった雑種犬が足元に絡みついている。

四

三人と一匹が、長屋の木戸を潜《くぐ》るのを見ていた娘がいる。

「また、あの人たち忙しくなったみたい」

軒下で見送っているのは、藤十の向かいに住むお律《りつ》であった。年を越せば、十九歳になる娘であった。娘島田を小ぶりに結《ゆ》って、小さめの顔に愛嬌《あいきょう》が宿っている。

「佐七さん、頑張って……」

激励は、佐七に向けてである。しかし、佐七にはその声は届いていない。

お律の見送りに気づくことなく、三人は一つ目の路地を曲がり通りへと出た。向かうは、日本橋川沿いを一石橋《いっこくばし》まで行き、外濠沿いに常盤橋《ときわばし》御門の前を通り、竜閑橋《りゅうかんばし》を渡ってさらに四町、神田橋御門近くにある三河町《みかわちょう》の番屋であった。およそ半里の道を歩くことになる。

三河町の番屋に、辻斬りに遭ったとみられる若者の屍《しかばね》が仮り置きしてある。四半刻して、三人は三河町の番屋へと到着した。

開いている片側の油障子には『三河町自身番』と書かれてある。喜三郎がまず先に番屋の敷居を跨いだ。

「これは、碇谷の旦那……」

迎えたのは番太郎と呼ばれる小男であった。喜三郎のあとにつづいて入った、藤十と佐七の形を見て、六十歳にもなろうかとする年老いた番太郎が皺顔の眉間《みけん》を寄せた。

「ああ、こいつらは俺の知り合いだ。ここに寝ている男に心あたりがあるってんで連れてきた」

「左様ですかい。ご苦労さんでございやす」

世辞笑いを皺顔に浮かべ、番太郎は藤十と佐七に向けて小さく頭を下げた。

「これかい、馬場の前で斬られてたって男は？」

「へい、左様で……」

土間に横たわった莚《むしろ》の塊《かたまり》に、三人の目が向いた。

戸板に載せられたまま、莚が被せられている。裸足《はだし》の足が二本、莚の端から飛び出していた。

喜三郎は懐から十手を抜くと、莚の端に棒先を絡めおもむろにめくった。血の気がなくなり、青ざめた顔が上を向いている。月代《さかやき》のない髷はざんばらとなって、首に巻きついている様に、喜三郎は顔をしかめた。仏の顔は断末魔の苦しみを味わったか、口元が大きく歪《ゆが》んでいる。一目見ただけでは、若者か老人かの区別ができぬほど、面相は変わり果てていた。

着ている子持縞《こもちじま》の袷は、血を吸ってどす黒く変色している。

「逆袈裟《ぎゃくけさ》だな……」

下から上へと斜交《はすか》いに斬り込んだ傷跡であった。右わき腹から左の胸元にかけて、着物が斜交いに裂けている。血が噴き出した傷口は、すでに血糊《ちのり》で固まり、一本の黒い筋を作っていた。

「どうだい佐七、見覚えはねえか？」

「顔ははっきりしやせんが、着ているものがやはり……」

美鈴という男装の麗人を脅しにかけていた男に違いがなかった。四人の内では、一番の兄貴格と思われた男であった。

「前からばっさりでやんすねえ。そうだ、この男、匕首はもってやせんでしたかねえ？」

佐七は、年老いた番太郎に訊いた。

「でしたらじきに、この事件を探ってる南町の旦那がめえりやす」

「そうか、山川豊太郎《やまかわとよたろう》がこの事件にあたってるんだったな」

山川豊太郎と言われた同心は、喜三郎より二歳下の同僚であった。

「山川がどうかしましたか？」

喜三郎の背中に、男の声が聞こえた。声をかけたのは、当の山川本人であった。

「おお、山川か。どこに行ってたい？」

振り向きざまに喜三郎が訊いた。先輩風を吹かせて、名を呼び捨てである。

「ちょいと聞き込みに。ところで……」

この人たちはと声を出す代わりに、藤十と佐七に顔を向けて山川が訊いた。

「俺のちょっとした知り合いでな、こっちが藤十、そしてこっちが佐七てんだ」

「そうですか、よろしく。ところで碇谷さん、なぜにこの人たちを……？」

同心の知り合いにしては、身なりがちぐはぐだ。派手な形の藤十と、職人姿の佐七に訝しげな目が向く。

「その前に訊きてえんだが、この男の身元は知れたのか？」

「いえ、それが皆目《かいもく》……」

山川は首を振って、喜三郎の問いに答えた。

「どうしたい？　剃刀《かみそり》といわれてる山川の旦那にしては珍しいな。男の身元どころか、もう下手人をあげてると思ってたぜ」

　喜三郎一流の皮肉に、山川の顔は渋みをもった。

「殺されたのは無頼の男で、斬ったのはかなりお偉い武士と思われますからねえ。これはちょいと難儀なことでして……」

　辻斬りをするのは上級武士と思い込んでいる山川の言葉は、やる気のなさを感じさせた。端《はな》から腰が引けているようである。喜三郎は、そんな山川の引け腰を見抜いていた。

「どうだい、佐七。この男に見覚えは？」

　喜三郎は、佐七に聞き直した。じっと佐七は横たわる男の顔を見るも山川の手前、答えるのに一瞬の間を置いた。

「いえ、あるようなないような。それにしても、死体ってのは人相が変わるもんなんですねえ」

　知っていると言ったら、佐七は山川につっ込まれて、あとがややこしくなる。佐七は、前とは違う答えではぐらかした。この事件を喜三郎が扱いたいとみて取った佐七は、答に気転を利かせたのである。

「もしかしたら、佐七の知り合いかと思って連れてきたんだが、どうやら見当違いだったみてえだな。藤十はどうだい、この男に……？」

「いや」

藤十は小声で答え、手入れのよくない総髪の頭を振った。

「そうかい。ところで、山川はどれだけのことをつかんでる？」

「いや、それが……」

山川が答えようとしたときであった。

「山川の旦那はおりやすかい？」

息せき切って、岡っ引きが一人番屋に飛び込んできた。

「これは碇谷の旦那、お久しぶりで。それで、山川の旦那……」

岡っ引きは、喜三郎の顔を見るとおざなりに挨拶し、すぐにその顔を山川に向けた。山川の配下につく岡っ引きであった。

「多町《たちょう》の番屋にちょいと来ていただけやせんか？」

喜三郎の手前、遠慮しているのか岡っ引きは小さな声を山川に向けた。

「何があったい？」

「へい、長八《ちょうはち》の奴が邯鄲師をとっつかまえやして、いま多町の番屋に……」

「なに、邯鄲師だと、枕探しのか？　そいつは手柄だな。よし、碇谷さんとの話が済んだら行く。先に行っててくれ」

邯鄲師と聞こえ、佐七の胸がどきんと一つ高鳴りを打った。

岡っ引きが番屋から出ていったあと、山川の顔は機嫌のいいものとなった。

「えらく忙しくなったじゃねえか」

「まったく、いやになりますよ。こう忙しくちゃ」

愚痴《ぐち》をこぼすも、配下の手柄に山川の相好《そうごう》が崩れている。喜三郎は、これを機と取りすかさずに言った。

「ところで、山川。なんなら、こっちの事件を俺に任せちゃくれねえかい？」

「えっ、これをですか？」

言って山川の目は、莚を被った男に向いた。

「そいつは願ったりで、助かりますわ」

首を横に振るかと思っていたが、すんなりと山川は譲ってきた。

「すまねえな、横取りするみてえで」

「いや、とんでもありませんよ。こんなもて余しそうな事件に首をつっ込むなんて、碇谷さんも……」

「酔狂だって言いてえのか？　そんな軽口いいから、早く多町の番屋に行ってやんな。そうだ、行く前《めえ》にこの仏のもってたものを見せてくれねえか」

「分かりました。末吉《すえきち》爺さん、しまったものを出してくれないか」

末吉という年老いた番太郎に、山川は声をかけた。「へい」と言って、末吉は保管してある袋をもって山川に手渡した。

「懐にあったのは、これだけでした。そのほかは、一切手がかりがつかめてませんので、こちらから伝えることは何もありません」

「そうかい、べつにかまわねえぜ。余計なことを知らねえほうが、かえってやりやすくならあ。そうだ、もういいから早く行ってやりな」

それではご免と、喜三郎だけに向けて頭を一つ下げた山川は、そそくさと三河町の番屋をあとにした。

喜三郎は、さっそく山川から渡された袋に手を入れた。

「麻で作られた袋でやすね」

「ああ、そうだな」

佐七の言葉に、藤十が声を出して答え、そして喜三郎に不敵な笑みが浮かんだ。喜三郎がもつ麻袋に、言いしれぬ因縁を感じた三人であった。

袋の中には、三つのものが入っていた。

鞘に収められた匕首。羅宇《らう》が赤銅色した安物の煙管。そして、一文の銭すらも入っていない財布であった。財布は縞柄で、一介の町人がもつにしては珍しいほどの、高級そうな細工であった。

「けっこう、大枚が入るような財布だな」

「これはどこかの旦那衆を喝上げして、強奪したもんに違えねえ」

「中身はみんな使っちまったんだろうな」

「草を買うのにか……」

草とは『逢麻』の隠語である。藤十と喜三郎のやり取りであった。

「この煙管、変な臭いがしますぜ」

煙管の雁首に鼻をあてていた佐七が言った。煙草が燃えたのとは、あきらかに違う臭いに、佐七は首を傾げている。

「どれ？　……ああ、本当だ」

藤十と喜三郎も、煙管の臭いを嗅《か》いだ。

「おそらく、そうだろうな」

逢麻の臭いを嗅いだことのない三人は「――おそらく」という言葉しか、今のところ使えない。だが、あきらかに煙草が燃えたものとは違う臭いに、確信をもてた。

喜三郎は、同僚山川の眼力を疑い、剃刀と言った世辞を思い出すと、顔を緩ませた。

「何か、おかしいことでもあるのか、いかりや？」

「いや、なんでもねえ」

三人の様子を傍から見ていた、番太郎の末吉が首を傾げている。単なる知り合いだと言っていたわりには、かなり親しそうだ。櫨染色の着物の男などは、呼び捨てで同心の名を呼んでいる。職人風の男に話しかける言葉も、仲間内のものだ。

――そうだ、外に犬まで連れてきてやがった。

そんな末吉の訝しがる顔に、喜三郎が気づいた。

「ああ、末吉のとっつぁん。実は、こいつらは俺の仲間なんだ。今度の事件を解決しようと手を借りている。ただし、このことはとっつぁんの胸だけにしまっといてくれねえか」

番太郎の末吉爺さんを手なずけようと、喜三郎が手に一分金を握らせた。

「そうだったんですかい。分かりやした、協力いたしやしょ」

末吉は、黙ってあたりを見回すと、自分の袂《たもと》にそっと一分金を忍ばせながら喜三郎の頼みに答えた。

「ありがてえ、助かるぜ」

現場に近い三河町の番太郎を味方につけて、喜三郎はほっと安堵の息を漏らした。

これで、極秘裏に捜査ができると。

五

これからの三人の話し合いは、ほかの者には聞かせたくない。

遺体の処理は、捕り方の手に任せると告げて、三人は三河町の番屋をあとにした。

喜三郎の懐には、麻の袋に包まれた男のもちものが入っている。三つの品は、当座の手がかりであった。

そろそろ昼に近い。

「鹿《か》の屋《や》に行って、これからのことを話そうじゃねえか」

「そうだなあ」

喜三郎の提案に、藤十が乗った。佐七は黙ってうなずき、みはりは「わん」と一吠える。

「あそこに行けば、うめえものが食えるからって、みはりも喜んでらあ」

喜三郎の軽口に、藤十と佐七の顔に笑みが浮かんだ。

それから四半刻後、三人の姿は小舟町《こぶなちょう》にある煮売り茶屋『鹿の屋』の二階の座敷にあった。藤十と喜三郎は、以前より密談をする際はここの二階を利用していた。最近では、そこに佐七も加わる。

鹿の屋の女将《おかみ》であるお京《きょう》と喜三郎とは、いわれぬ仲で結ばれている。むろん、八丁堀の役宅には漏れてはならない秘め事であった。

「いらっしゃいませ……」

そのお京が、襖《ふすま》を開けて入ってきた。水向きの色香が漂う、二十八歳になるお京の細面《ほそおもて》の顔に、喜三郎はぞっこんであった。

「きょうは寒いから、おでんでもみつくろって出してくれ。それと、熱燗《あつかん》も忘れねえでな」

喜三郎との会話は、それだけであった。

お京も、ここで三人が集まり食事をするときは何かがあると心得ている。注文を取ると、お京はそそくさとその場を離れた。

「これで、ゆっくり話ができらあ」

六畳の間の真ん中に座卓が置かれている。喜三郎は、床の間を背にして座った。上座につくのは、お京に対しての見栄《みえ》である。藤十も心得、喜三郎を対面にして下側に座る。佐七は、藤十と並んで座った。

喜三郎は懐から麻の袋を取り出すと、座卓の上に入っていたものを置いた。喜三郎から見て左から匕首、煙管、財布の順に並べる。

「まず、匕首なんだが……」

匕首を喜三郎が手に取った。

「あのとき佐七は番太郎に訊いてたな。たしか『――この男、匕首はもってやせんでしたかねえ？』とか、なんとか……？」

佐七に問うたのは、藤十であった。

「そうだ、あれはどういうつもりだったたい？」

喜三郎が、追うようにして問いを重ねた。

「それはですね……」

佐七は、じっと匕首を見つめながらおもむろに切り出した。

「これで侍の形をした、美鈴という女が下手人でねえことが分かりやしたぜ」

いきなり、事件の根幹に触れる佐七の話であった。

「えっ、いったいどういうことだ？」

「順序追って話さねえかい、佐七」

藤十と喜三郎の、鋭い目が佐七に向く。

「あの時点で、末吉さんていう爺さんに訊いたのは、あっしの不覚でした。ですが、あとはこっちらの味方になったので……」

「そんなこたあどうでもいいから、話を先に進めろい」

「すいやせん、喜三郎の旦那。それで、匕首をもつもたねえは別にして、今この状態でもって九寸五分がここにあるってことです」

「どうも、もったいぶった言い方だなあ。いったい佐七は何が言いてえんだ」

藤十も首を傾げて、佐七を見やる。佐七も、こう詰め寄られては言葉がうまく出せない。こそ泥だっただけに、普段から口数は少ない。人を前にして、何かを説くというのは苦手であった。肝心なところで、口が濁《にご》りをもった。

「それがですね、どうもおかしいと思いやせんか？」

とうとう、結論を二人に託す口調になった。

「おかしいのは、おめえじゃねえか。そこまで言っておいて、思いやせんかなんて。

なあ、藤十」

「ああ、そうだ。俺たちゃ頭がよくねえんで、皆目話が読めねえ」

藤十に言われ、佐七は匕首を手に取ると鞘から抜いた。抜き身を卓に置いて、鞘は卓の下に隠した。

「もしですよ、美鈴てのが下手人でしたら、匕首はこんな状態ではなかったかと……」

「……ん？　分かるか、藤十」

藤十は、卓の上に置かれた匕首の抜き身をじっと見つめている。

「そうか、なるほど。こいつはまだ分からねえって言う喜三郎の頭が悪い」

そして、藤十なりの答を導き出した。

「藤十には分かったか？」

「ああ、おおよそな」

言って藤十は、にやりと笑みを浮べた。

「あっしは口下手ですんで、藤十さんから話してくれやせんか」

「よし分かった。佐七の言いてえことはこうだ。……たぶん」

無頼たちは、懐から匕首を抜いて、抜き身を寒月の光に晒しながら美鈴たちを追いかけていった。よしんば追いついて、金を寄こせと匕首の先をつきつけて脅す。そのとき美鈴の反撃に遭い、逆袈裟懸けに一太刀受けたとしたら、抜き身と鞘は別々になっていなくてはならない。だが、今ここにある匕首は鞘に収められている。

「そんなんで、佐七は美鈴という女は下手人ではないと言ったのだろう。なあ、そうだろ佐七」

「藤十さんの言うとおりで……」

「いや、そうとは言えねえだろう」

喜三郎の反論であった。

「あとで、捕り方役人の誰かが鞘に収めたってことも……あっ、そうとも言えねえか」

「佐七、匕首を元の状態に戻してくれないか」

抜き身が鞘に収められる。

「やはりなあ。匕首の、鞘と柄とは血糊のつき方がつながっている。ということは、抜かれてない状態で、腹巻の晒《さらし》に差されてあったたってことだ」

匕首の白鞘には幾分の血がこびりついていた。血の模様が柄と鞘につながっている。斬られたときにこれが離れていたら、こんな模様にならないはずだと誰もが思えた。

　それでも、喜三郎は腑に落ちぬようだ。

「だったら、抜き身をしまった後、すぐに美鈴に斬られたんでは？」

「それは、ねえでしょう。でしたら、何も逃げることはしやせんで、あっしの目の前で殺ってたんでは。それに手向かいもしない者を斬るなんて、そんな風な人には見えやせんでしたし」

　佐七は饒舌《じょうぜつ》になって、美鈴という侍の形《なり》をした女を庇《かば》った。

「なるほど……」

　下手人は、美鈴ではないという結論を三人がつけたとき、お京の声が襖の外から聞こえた。お京と、二人の女中の手によりおでんの鍋と酒などが運ばれてきた。

　おでん鍋を囲みながら、話題は再び辻斬り事件へと戻る。

「下手人が、その美鈴ではないとすると、そのあとに斬られたってことか。辻斬りに逢麻が絡んできて、ずいぶんと、ややこしいことになってきやがった」

　煮込んだ大根に箸《はし》を刺しながら、喜三郎が愚痴ともつかぬ嘆きを言った。

「こっちに任せろって、でけえ口叩いてたのはどこのどいつだったたっけかな。ややこしいことになりそうなのは、端から承知じゃなかったかい」

「そりゃそうだが、ちょっと言ってみたまでよ。ことは最初から整理して考えなくちゃならねえ」

「となると、まずは身元だな……」

藤十が呟くように言った。

「身元ってのは、どっちのことだい？」

「まずは、殺された男とその仲間たち、そして美鈴と呼ばれた男装の麗人てのを知るのが先だな。だけど、どこに住んでるかだよなあ」

両方が知れれば、意外とことの解決は早いのではないかと、そのとき藤十は楽観していた。

「その美鈴ってのは、すぐに身元が知れるんじゃねえのか。外濠沿いの夜道を歩いているぐれえだ。あのあたりに住処があるのには間違いねえだろう。もしかしたら、あの番屋の末吉って爺さんなら、知ってるかもしれねえな」

「さっき、訊いてくるんだったな」

藤十と喜三郎の話を、佐七は黙って聞いていた。おでんにも、あまり箸をつけてなさそうである。食う代わりに、じっとおでんを見つめていた。

「どうしたい、佐七。おでんを食わねえのか？　大根うめえぞ」

喜三郎は、厚切りの大根を箸でつかむと、佐七の前に置かれた皿に載せた。つづけて、竹輪《ちくわ》や蒟蒻《こんにゃく》、半片《はんぺん》なども盛りつける。

「いいから、どんどん食え」

「どうも、すいやせん」

皿の上に盛られたおでんの具材を見つめているうちに、佐七はあることに気づいた。

「そうだ！」

ポンと一つ手を叩いて、天井を見上げた。

「どうしたい、いきなりそんなでけえ声なんか出したりして」

佐七は、煮汁の染み出す大根を一口頬張ると、すっくと立ち上がった。

「おい、急に立ち上がったりして、どっかに行こうってのか？」

喜三郎と藤十が、交互に訊くが佐七の顔は天井を向くだけで、答えようともしない。その内に、ぐるぐると部屋の中を回りはじめた。

「思い出せねえ……そうだ、藤十さん。ちょっとやってくれねえですかい？」

「何をだ？」

「前にやってもらいやしたが、忘れちまったことを思い出すあの按摩でさあ」

あのときちんと、頭の中に放り込んでおけばよかったと、悔やまれる思いの佐七であった。

「それはいいけど、何を思い出してえんで？　それによっちゃ、圧《お》す経孔《つぼ》の順番が変わってくる」

「名ですよ。殺された兄貴格の男が、ちょいと口に出した弟分三人の名でさあ。思い出せねえ。ここまで出てるんですが」

佐七は喉元に手をあてながら言った。

「そいつは、えれえ大事なことだ。藤十、思い出させてやれ」

「すいやせん、肝心なところを忘れちまって、手間をかけやす」

佐七は、藤十に向けて頭を下げた。

「また謝りやがら。誰だって、そんなとこまで覚えることたあできやしねえ。忘れちまうのは仕方がねえよ」

喜三郎が、佐七を宥《なだ》めるように優しい口調で言った。

「よし。今思い出させてやるから佐七、そこにうつ伏せになれ。喉元まで来てるんだったら、さほど難しくはねえ」

以前佐七が、旅籠で聞き込んできたことを失念したことがあった。そのとき藤十は、按摩の腕を駆使して思い出させたことがある。それを、これから施そうとしている。

まずは、佐七の背中に乗っての足踏み按摩からはじまった。腕の両脇に足力杖の取っ手をあて、体重を載せる。その力加減によって、圧力を調節するのが熟練の技である。

人間の体の裏側には、頭から足の脹脛《ふくらはぎ》まで、およそ七十の経孔がある。体の変調をきたしたとき、経孔それぞれが症状に適した役割をもち、刺激を与えることによって、その効力を発揮する。

六

肩甲骨《けんこうこつ》の内側にある、神堂《しんどう》という経孔から足踏みがはじまった。両足の親指で圧して、経孔を刺激する。まずは、佐七の全身に血を巡らした。

気持ちを楽にさせて、頭の血の巡りをよくさせようとの準備段階である。

「どうだい、楽になったろう？」

「へい、こんな気持ちいいことはありやせん。ずっとやっててもらいてえ」

「そういうわけにはいかない。そしたら、今度は座ってみな」

佐七は、言われたとおり起き上がると、藤十の前で正座をした。

首から上には、およそ五十近い経孔がある。藤十は、その内でもの忘れに効果のある経孔を刺激する。

佐七の髷の上に手ぬぐいを被せ、藤十は、頭のてっぺんにある百会《ひやくえ》を両手の親指に力を込めて圧した。

「うっ、痛《いて》え」

「ちょっとぐれえ、我慢しろ」

こめかみである頷厭《がんえん》から順に、曲鬢《きよくびん》、角孫《かくそん》など脳の働きを活発にする経孔を、頭蓋骨の上から刺激する。

背首から頭部にかけてある風府《ふうふ》、風池《ふうち》、天柱《てんちゆう》などは気鬱《きうつ》や頭痛を治すのに効果がある。もの忘れがひどいときは、このあたりを圧して気を落ち着かせるとよい。

「どうだい、思い出さねえか?」

二十個所ほどの、もの忘れに効く経孔をひと通り刺激して、藤十は訊いた。

「へい、まだ……喉まで、出かかってはいるんですが」

「おかしいな、あれだけ圧せばすぐに思い出すはずなんだが」

ぶつぶつと言いながら、藤十は最初に戻って百会の経孔をさらに強めに圧した。

「うっ……竹松……」

息を一つ漏らしてから、佐七は一人目の名を思い出した。佐七がおでんの載る竹輪に目を向けたところで、藤十は刺激する手を止めた。そして半片、大根と目がいく。

「竹松、半吉、それと……大八だ」

佐七は、たてつづけに三人の名を思い出した。

「それで、殺されていた男の名は？　蒟蒻からは思い出せねえか」

ここぞとばかり、藤十が訊き出す。しかし、佐七の首は横に振られた。

「いや、誰も名を口に出していやせんでした」

「まあいいや。三人の名が分かりゃ、あとは簡単だ。どうせろくでもねえ奴らだから、一度や二度は、奉行所の世話になった前もちだろうよ。調べりゃすぐに身元は知れらあ」

喜三郎は、俄然《がぜん》やる気が出てきたと、腕まくりをするほどの勢いとなった。

「ならば俺は……と言いたいところだが、これから足力按摩に呼ばれてるんでな、悪いが今日のところは動けねえ」

藤十はこれから、日本橋十間店町《じっけんだなちょう》にある本両替商の『銭高屋《ぜにだかや》』に、踏孔治療で呼ばれている。

「いや、いいさ。とりあえずは、こっちを探ってからだ」

「それで、あっしは？」

佐七が喜三郎の指示を仰《あお》いだ。

「そうだな。だったら、もう一度三河町の番屋に行ってくれねえか。そこの番太郎に……」

末吉という番屋の爺さんから、男装の麗人がこのあたりにいるかどうかを聞き出すことにあった。

「くれぐれも、ほかの同心に嗅ぎつけられねえようにな。いや、手柄を横取りされるとか、そんなちんけな考えじゃなくてだ、俺たちの捜査に邪魔になるだけだ。それとだ、美鈴という名は出さねえほうがいい。まだ、どんな関わりになるか分からねえからな」

「それは、心得てまさあ。任しといてくださいな」

「そうか、だったらこれをもってけ」

喜三郎は、巾着《きんちゃく》から小粒銀を一つ取り出して、佐七に渡した。

「なんですかい、これは？」

「番屋の爺さんにくれてやれば、口も軽くなるだろうよ」

それからというもの、さっさとおでんを食し終えた三人はそれぞれの方角に散ることにした。昼、九ツ半を幾分か過ぎたあたりであった。

冬の、ときの刻みは間隔が短い。夕方七ツ半（午後五時）に、藤十の宿で落ち合うことにした三人は、この二刻の間にもたらされる報せが、事件解決のとっかかりになるものと確信を抱いていた。


十間店町にある両替商の銭高屋に、藤十は七日に一度の頻度《ひんど》で踏孔療治に来ている。

主である善兵衛《ぜんべえ》は、藤十の足踏み按摩を心待ちにしている一人であった。できるならば、毎日来てもらいたいと思う善兵衛であるが、効果があり過ぎるためにかえって体に負担がかかる。人によって異なるが、善兵衛の場合は七日に一度で具合がいいとしていた。

「おや、だいぶ肝の臓がよろしくなったみたいで……」

うつ伏せになって寝る善兵衛の背中を踏みつけながら、藤十は言った。

「分かりますかな？」

大店《おおだな》の主だけあって、むしろ物腰は柔らかい。人としての出来具合が違うと、善兵衛と会うたび藤十はいつも思っていた。

「はい、腎兪《じんゆ》とか、三焦兪《さんしょうゆ》の経孔を圧しても、以前のように気持ちよさそうなお声が出ません。ここが痛気持ちよく感じますと、肝炎の疑いがありますからね」

藤十の言葉つきも、普段とはうって変わって商人の口調である。

「それにしても、肝の臓の病に罹《かか》ると大変みたいですな」

「大変どころではございません。ですからいつも気をつけるよう、言ってるではありませんか」

「ああ、藤十さんの話を聞いてから、毎日呑んでいた酒を三日に一度は抜くようにした」

「それがよろしいようで。肝の臓は丈夫な分、一度壊れでもしたら修復が利かなくなるといわれます。症状が出たら、手遅れだとも。取り返しがつかなくなる前に、節制するのが一番の薬であります」

背中が終わると、善兵衛を仰向《あおむ》けにさせた。体の前部は足力ではなく、手の指で圧する療治となる。藤十は、鳩尾《みぞおち》あたりの巨闕《きょけつ》から、肝の臓付近にある期門《きもん》、日月《にちげつ》とつづけて指圧するが、善兵衛からは声が出ない。やはり、この経孔が痛みをもてば、肝の臓が弱っているといえた。

「やはり、節酒の効果が現れているようでございます」

「肝の臓が壊れ、酒が一滴も呑めなくなるほうがいやですからな」

それからしばらくは、肩もみ按摩などを施し、善兵衛のその日の踏孔療治は終わった。

「ありがとうございました。それでは、一両ということで……」

「いや、お疲れさん。それでは一分金で四枚、安いものだ」

藤十の踏孔療治は、半刻で一両と決めてある。相場としてはべらぼうに高額ではある。半刻あまりの按摩療治に一両を出せる者は、そうおいそれとはいない。とはいえ、額をいとわぬ客が、藤十にはついていた。たいていは、相当に地位のある武士か、大店の主に限られている。たまに、常磐津《ときわず》のお師匠《ししょう》さんなど女の客もいるが、それらもまた、当代の金持ちを弟子とか贔屓筋《ひいきすじ》にもっている。

療治が終わり、善兵衛が起き上がると着物の乱れを直しながら言った。

「そうだ、藤十さんにいいお客さんをご紹介しようかと……」

「左様ですか、それはありがたいことで」

一両を出してくれる人が一人でも多くいればありがたい。藤十の踏孔療治は、やみつきになると療治を施された者たちの評価であった。金遣いの荒い藤十にとっては、一人でも客が増えるのは願ったりのことである。

「それで、どちらのご主人さんでしょう？」

「いや、ご主人というより、お殿様といったほうがよろしいですかな」

「お殿様ですか？」

「まあ、お殿様といってもお大名ではありません。幕府の中でも、要職にあるお方と申せばよろしいですかな。そのお方が、近ごろ酷《ひど》い肩こりに悩んでおるみたいでして」

幕府の要職と聞いて、藤十は実の父である老中板倉佐渡守《さどのかみ》勝清の皺顔を思い出した。齢《よわい》六十七にもなるが、いまだ幕閣として格段たる地位にあった。

「左様ですか。それで、どちらのお方様でございましょう」

「いや、実のところ手前は直には知らぬお方なのですよ。これは、商売仲間の札差《ふださし》からもたらされたことでして。そんな話を聞き込んだところ、藤十さんを思い出しましてな。それで、話してみましたところ、ぜひにということになりました。その札差ならば、ご紹介できるのですが、行ってみますかな？」

「ええ、ぜひとも……」

　藤十が深く頭を下げると、善兵衛は、書院造りの本床の床框《とこかまち》に置いたあった手文庫を手にした。中から書き物の道具を取り出すと、巻紙にすらすらと何やら書き込み、紙を切り取って藤十に渡した。

「手前からの紹介状です。それをもってここに行きなされ」

　宛《あて》どころの一行には『足利屋《あしかがや》　仙左衛門《せんざえもん》様』と認《したた》められている。場所は浅草御蔵前《あさくさおくらまえ》片町《かたまち》と聞いたが、藤十にとっては初めて聞く名の屋号であった。このころ、浅草御蔵前一帯では百数軒の札差株仲間が組織され、繁盛の栄華を極めていた。

　あと四半刻もしたら、夕七ツの鐘がなるころである。蔵前までは、半里以上ある。さっそく赴《おもむ》こうと思ったが、七ツ半までには宿に戻らねばならない。

「ありがとうございます。でしたら、さっそく明日にでもうかがわせて頂きます」

　ここは明日にしようと、藤十は善兵衛に言った。

「そうかい。でしたら、よろしく頼みますよ。仙左衛門さんによろしくお伝えくだされ」

　かしこまりましたと言って、藤十は二本の足力杖を握ると腰を上げた。

「そうそう、今度また家内の療治もお願いできますかな？」

「まだ、血の道でもって……」

「以前、療治してもらってよくなったのが、またこのごろになって……」

「かしこまりました。もし、手前が来る前にお加減が酷くなりそうでしたら、ここを指圧してさしあげてください。ええ、どなたでも圧すには圧せますから。ただし、効能はその場限りでありますす」


素人が経孔圧し療治を施して、病が治ったら藤十の商売は上がったりである。そこは一つ釘を刺しておく必要があった。

「婦人の血の道には肝兪《かんゆ》、脾兪《ひゆ》、大巨《たいこ》、胞肓《ほうこう》などといった経孔が効きますので、お試しになってください。しかし、これはあくまでも応急処置でありますから」

念を押して藤十は腰を上げた。

七

夕七ツ半までにはまだ四半刻の間があった。

冬の夕暮れは駆け足でやってくる。藤十が住吉町の左兵衛長屋に戻ると、井戸端ではかみさん連中が集まり、夕餉《ゆうげ》の支度に余念がなかった。

年増女の中に一際若い娘が交じる。花柄小紋を身につけたお律は、一つそこだけ花が咲いているようにも見えた。

「お律ちゃん、まだ佐七は戻って来てねえか？」

井戸水で米を洗っているお律は、いきなり藤十から声をかけられ、顔を上に向けた。

「なんだ、藤十さんか……」

なんだとお律から言われ、藤十の気持ちは幾分萎《しぼ》みをみせた。

「悪かったな、佐七じゃなくて」

佐七の名が出てお律の頬に、弥生《やよい》に咲く桜の花のような、うっすらとした赤味がぽっとさした。

「まったく、佐七さんの名前が出るたびお律ちゃんの顔が赤くなるねえ」

口さがないかみさん連中に冷やかされ、お律の顔は余計に赤味が増したところで噂をすればである。みはりの鳴き声が木戸のほうから聞こえてきた。うしろから佐七が歩いてくる。

「ただ今戻りやした」

井戸端でつっ立つ藤十に気づき、佐七が近づいて声をかけた。みはりはお律の足元に絡みつき、じゃれついている。

「おう、ご苦労だったな。俺も今帰ってきたところだ。帰る早々、お律ちゃんから厭《いや》味《み》を言われて……」

お律の吊りあがった目が向いて、藤十は言葉を止めた。

「だったら、さっそく話を聞くとするかい」

佐七の背中を押して藤十の宿に向けて歩き出したところであった。

「ちょっと待って、佐七さん」

お律は一度自分の宿に戻ると、布巾《ふきん》を被せた皿をもってきた。布巾を取ると、南瓜《かぼちゃ》の煮たのが載っている。

「一人で食べてね」

藤十に、聞こえよがしにお律は言う。佐七一人では食いきれないほどの、南瓜の量であった。

「遅せえな、いかりやの奴……」

夕五つ半が過ぎても、喜三郎の来る気配はなかった。来たら、三人して食おうと置いてある南瓜は手つかずであった。

「食ってもいいかな？」

佐七がもらったものである。一口食すにも、藤十はうかがいを立てた。

「腹が減りやしたねえ。先に食ってやすかい」

「すまねえ、馳走《ちそう》になるぜ」

藤十が南瓜の一切れに箸を刺したところで、がらりと腰高障子の開く音がする。同時に、喜三郎の野太い声が聞こえてきた。

「悪かったな、遅くなっちまって。ちょいと調べに手間がかかっちまってな」

謝りながらも、喜三郎の顔は機嫌がよさそうだ。

「その様子じゃ、何かつかめたようだな」

「その前《めえ》に……うまそうだな、この南瓜」

「食うのなら、佐七に断ってからにしなよ」

どうしてだと言う喜三郎の問いに、井戸端での経緯を藤十は語った。

「お律ちゃんがな、佐七一人でもって食べてくださいね、だってよ。まったく……」

「よしてくだせえよ、藤十さん」

佐七が、手を振って藤十の口を制した。

「さてと……」

南瓜でも食いながら話をするかと藤十が言って、三人の顔は真顔となった。

「いかりやの話を聞こうじゃないか。それで、奴らはどこのどいつらだった？」

藤十に促され、機嫌のいい喜三郎の顔がにわかに曇《くも》りだした。

「いや、皆目つかめねえ。同じ名なら江戸にはごまんといるからな。それで、三人そろって以前何かやらかしたかと思って聞き込んだが、過去はなかった。それに、あんなやくざ崩れみてえのが一人ぐれえ殺されたって、気にする奴はいねえから尋ね人の届けも今のところ出ていねえ」

「なんだよ。機嫌のよさそうな面《つら》をしてやがるから、てっきり何かをつかんできたと思ったじゃねえか」

喜三郎の首を振る様に、藤十は気勢をそがれる思いとなった。

「いや、すまねえ。入ってきたらいい匂いがしてたもんで、つい顔が緩んじまった」

面目ないと、喜三郎はその長い顔を伏せた。

「なんだい、南瓜の匂いに釣られたってのか」

呆れ返ったと、蔑《さげす》むような藤十の口調であった。

「だがな、耳寄りなことを聞き込んできた」

「耳寄りだと？」

「二十日ほど前というから、先月の末近くだ……」

　同じような辻斬りが、竜閑橋の近くであった。やはり被害者は遊び人風の男で、袈裟懸けに一刀の下に斬られ、外濠から流れる神田八丁堀川に半身が浸かっていたと喜三郎は語った。

「今度と同じようなことが起きていやがった」

「起きてやがったって言いやすが、喜三郎の旦那たちはそんな事件があったことを知らなかったんですかい？」

「それがな、佐七。南北の奉行所ってのは月ごとに役目が入れ替わるって、知ってるよなあ」

「へえ……」

　眉根を寄せながら、佐七は首を縦に振った。

「先月の月番は北町奉行所だ。そんなんで、このぐれえの事件じゃ南町には届きはしねえのさ。それはそうと、北町の奴の話じゃ、それもすぐにお蔵入りになったって話だ。ああ、殺された奴の身元もたいして調べねえ内にな」

「お蔵入りってのは？」

「いや、北町のことなんでわけが分からねえ。そのまま、うやむやになったってことだ。おそらく、寺社奉行とか普請奉行なんかが絡むんじゃねえか。となれば……」

「南町奉行所も、同じことになるってのか？」

喜三郎のあとを、藤十がなぞるように言った。

「もし下手人が同じなら、そういうことになるかもしれねえ」

喜三郎の話に、藤十の顔から不敵な笑みがこぼれた。

「……親父の出番になるかも」

自分の耳だけに届くほどの、小さな声のつもりであった。

「今、おやじとか聞こえたが、なんのことだ？」

しかし、呟く声は喜三郎の耳に触れた。喜三郎と佐七は、藤十の父親が老中板倉勝清であるということを、今もって知らずにいる。

「いや、なんでもねえ。ところで、佐七のほうはどうだった？」

うっかりと口に出してしまった藤十は、顔色の変わったのをごまかそうと、話題の矛先を変えた。

「藤十はまだ、佐七の報せを聞いてなかったのか？」

「二度手間をさせちゃわるいと思ってな、喜三郎が来るまでと、待たせていたんだ。それで佐七、どうだった？」

藤十の様子に怪訝《けげん》そうな顔を見せていた二人であったが、すぐに気持ちを元に戻すと話を先に向けた。

「へえ、番屋の末吉爺さんの話ですと、そんな若侍のような恰好《かっこう》をした女は、見かけたことがないとのことでやした」

「となると、あのへんに住んでいる女ではねえようだな」

喜三郎が腕を組んで考えている。

「……それにしちゃ、夜分にあのあたりにいたってのが変だな」

ぶつぶつと呟く喜三郎に、これで『親父』と聞こえたことは忘れただろうと、藤十は安堵する思いとなった。

「そうだなあ……。だが、いずれにしたってその美鈴って人の犯行ではないのはたしかだろう。下手人は、竜閑橋の辻斬りと同じと、とりあえずみていいな」

「ああ、そうかもしれねえ」

喜三郎は、藤十の考えに賛同して、組んでいる腕を解《ほど》いた。

結局その日は、竜閑橋で先月あった辻斬りの情報が一つもたらされただけで、話は打ち切りとなった。しかし、藤十の頭の中には、得体の知れないもやもやが、黒い雲のようになって覆《おお》っていた。

——こんな大ごとが、たった一日なんかで分かろうはずもない。
立ち向かっていく甲斐《かい》があると、藤十はぐっと唇を嚙みしめた。

第二章　悪魔の草

一

翌日は、朝からどんよりとした曇り空であった。

「こんなに寒けりゃ、雪になるかもしれねえなあ」

長屋の路地端では、朝っぱらからそんな挨拶が交わされている。底冷えのする、寒い朝を迎えていた。

雪が降る前に、藤十は出かけることにした。行き先はきのう銭高屋の善兵衛から紹介された、蔵前の札差足利屋仙左衛門のもとであった。御蔵前片町と聞いたから、半里と二町ほどであろうか。急げば、四半刻で行ける距離である。

藤十は、善兵衛が書いた紹介状の書付けを懐にしまい、左兵衛長屋を出ようとしたのは朝四ツの鐘が鳴って、すぐあとであった。

寒さを避けようと、冬用の櫨染《はじぞめ》色の袷《あわせ》の上に、綿が厚く入った褞袍《どてら》を着込んだところでいきなり腰高障子が開いた。

「藤十、いるか？」

逸《はや》る言葉を飛ばして三和土《たたき》に立ったのは、碇谷喜三郎であった。

昨夜は八丁堀の役宅に戻り、今朝方数奇屋橋《すきやばし》御門の北側に位置する南町奉行所に立ち寄ってから、藤十のところを訪れたのであった。およそ半里の道を、よほど急いで来たのであろう、喜三郎の息は上がっていた。はあはあと間断なく白い息が口から吐き出される。

「間に合ってよかったぜ。四ツに出かけるとか言ってたからな」

「それで慌てくさって来たのか？　でもよかったぜ、出かけたあとじゃなくて」

「だいじょうぶなのか、相手を待たせて？」

「ああ、別に約束をしているわけではないから、ゆっくりと話を聞くことができる」

「そうかい、そりゃありがてえ」

話しながらも、喜三郎の息は整ってきている。

「そうだ、佐七はいるか？　奴の耳にも入れておいたほうがいい」

「いるはずだ。今呼んでくるから、上がって待っててくれ」

藤十はそういうと、裸足《はだし》に雪駄を絡ませ外へと出た。

「うーっ、寒い」

震えながら、藤十は佐七が住む宿の表戸を開けた。

「おう、いるかい？」

九尺二間の裏長屋である。さほど大きな声を出さなくても、奥まで通る。しかし、狭い部屋に佐七の姿はなかった。

——おかしいな、いるはずなんだが。

「佐七さんならいないわよ」

藤十が首を傾げたところで、うしろから若い女の声がした。

「その声は……」

振り向くと、立っていたのはお律であった。

「今朝方早く、植松の親方からの使いが来て仕事に行ったわ。何か、どこかのお屋敷の植木が雪にやられてはいけないと、その養生《ようじょう》をするとかで」

「そうか、ならばいいんだ。お律ちゃん、ありがとうよ。さっ、風邪をひくから早いとこ家の中に入ったほうがいい」

それじゃあと言って、お律は自分の宿へと戻っていった。そのとき、空からちらほらと、白いものが落ちてきた。

「……降ってきやがったな」

藤十は、空を見上げて出かけようかどうか迷った。

再び藤十と喜三郎が向かい合う。

「佐七は植松の仕事で出かけたらしい」

「ああ、お律ちゃんの声が聞こえたぜ。まったく、ぞっこんなんだなあ」

「野郎は、もてやがるからな」

やっかむ口調で藤十は言った。

「そうだ、白いのが降ってきたから話を急いだほうがいいぜ」

「そうかい、もう降ってきやがったか。積もると厄介《やっかい》だからな、雪ってのは」

「ああ、積もりそうな大ぶりの雪だ。牡丹雪《ぼたんゆき》ってやつだな、あれは」

そのとき、外では子どもたちの歓声が聞こえてきた。江戸では滅多に降らない雪に、子どもたちは大喜びをしている。そんな騒ぎ声を聞きながら、喜三郎の話となった。

「おといあった辻斬り事件は、やはり二日も置かず奉行所は手を引くことになった。あっという間のお蔵入りだ。よって、斬られた男の身元も調べなくてもよくなった」

「よっぽどの、上からのお達しなんだろうなあ」

「ああ、そうだ。そこでだ藤十、まだ驚くことがあるんだぜ。急いできたのは、どっちかっていうとそれを聞かせてえためだ」

「そうかい、早く聞かせてくれ」

　息が整った喜三郎を、藤十は急《せ》かせた。

「それでだ、昨夜《ゆうべ》話しただろ、竜閑橋の辻斬りを。それから五日ほど前にも同じことがあったらしいんだ。こいつは常盤橋御門近くの濠端でやはり……。北町の同業が言ってたことを、山川が聞き込んできた」

「なんだと。それじゃあみんな外濠沿いで起きたことだな」

「ああ、どうやらつながってるってことよ。そうだ、斬られたのもみんな同じ、どうでもいい野郎……いや、殺されておいてこんなこと言っちゃ可哀想か。そんな、遊び人風情の野郎ばかりってことだ」

「遊び人ということは、そいつらも草に関わりがあるんだろうかなあ。となると、そっちのほうの拗《こじ》れでもって、消されていくってことか？」

藤十が、逢麻との関わりを思い浮かべて言った。

「まだなんとも言えねえが、どうやらその筋が近いようだな」

「こうなったら是が非でも、早いところ竹松って野郎たちを捜さなきゃいけないだろ。先の月に辻斬りに遭った二人とも、関わりがあるかもしれないしな」

糸を手繰《たぐ》ると、とんでもないところにぶつかりそうな事件である。公《おおやけ》ではすぐに打ち切られた捜査であるがゆえに、根元の太さを感じる。

竹松、半吉、そして大八。おでんのねたを見て佐七は三人の名を思い浮かべた。それらを捜すことが、当座の糸口となると藤十は思った。

「どこにいやがるんだろうなあ、そいつら……」

藤十が、遠くを見つめるような目配りをして言った。

「それならば、俺の配下たちを動かすことにした」

喜三郎は普段、表向きの探索では三人の配下を使っている。どうも頼りねえ連中だとこぼしている岡っ引きたちであるが、人の居どころを捜す分だけならけっこう役に立つとのことであった。

岡っ引きに三人の名だけを告げ、喜三郎が内密に探索を命じたのは、今朝方のことだという。

「どこまで頼りになるかしれねえが、餅《もち》は餅屋だ。人を捜すにはうってつけな連中だぜ」

「そいつは助かるなあ。俺たちだけで、どうしようかと考えていたところだった」

江戸中を、佐七と二人で巡らなければならないかと、藤十は気を重くしていた。

「とりあえず、奴らの報告を待とうじゃねえか」

「そうだなあ」

ここは餅屋に任せようと、藤十は気の痞《つか》えが一つ下りたような感じがした。

「これから、藤十はどうする？」

「客を紹介されて、蔵前まで行きたいんだけど、雪が降ってるのを見て億劫《おっくう》になっちまった」

「俺も、竜閑橋と常盤橋あたりの番屋に聞き込みに行こうとしてたんだが、億劫だよなあ、この雪では。そんなんで、お京のところにしけ込むことにした。それじゃ、あとの手はずは吉報待ちってことで……」

言って喜三郎は腰を上げた。

「足元が滑るから、気をつけてな」

表戸を開ける喜三郎の背中に、藤十が声を投げた。

「うわ、だいぶ降ってやがる。うーっ、さむ……」

牡丹雪の降りしきる中、喜三郎は小舟町の鹿の屋へと足を向けた。

喜三郎の寒さで震える声を聞き、藤十は炬燵に足をつっ込み丸くなった。蔵前の足利屋は明日にしようと、横着《おうちゃく》を決め込む。

ごろんと横になり、半刻もうとうととしたか。

「いますかい?」

まどろみの中に佐七の声が聞こえ、藤十は現《うつつ》に返った。

「ああ、佐七だったか……」

目をこすり、それが佐七であることを藤十は確認した。

「寝てやしたか?」

「ああ、雪で動くのが億劫になった。外は、相当積もってるんだろうなあ」

「何言っておりやす。雪なんざ、とっくに止《や》んでやすぜ」

「なんだって?」

言って藤十は、裏の障子戸を開けた。空を見上げると、雪を降らすどんよりとした黒い雲はどこかに去り、薄日が射している。

「あれ、晴れてきてやがら。そのうちお天道さまも面を出しそうだな」

地べたを見ると、積もるどころか雪の欠片《かけら》もない。

「喜三郎が来たときにはけっこう牡丹雪が降っていたんで、もう外は真っ白かと思ってたが……」

「牡丹雪ってのは、意外と積もりませんからねえ」

雪が止んで、植木の養生は中途となって戻ってきたと佐七は言った。

「ところで、喜三郎の旦那が来やしたんですか？」

「ああ、それで佐七も一緒に喜三郎の話を聞こうと呼びに行ったんだが、お律ちゃんから仕事に出たと伝え聞いて……」

「そいつは、すいやせんでした」

「いや、謝ることなんかちっともねえ。それで、喜三郎の話ってのはだ……」

藤十は、あらましを語った。

「へえ、常盤橋御門近くでですかい？　あっしが今行ってきた現場もその近くのお屋敷でありやした。日本橋本町の、なんの商いをしてるんだか相当儲けているみてえで、それは広い屋敷でした」

「そうかい……」

話に気乗りのしない藤十の様子に、佐七は頭をかいた。

「すいやせん。どうでもいいことを……。それで、これからあっしは何をしたら？」

「うん、そうだな。いかりやのところの親分がもたらす話を待ってようじゃねえか。それまで、お律ちゃんの相手をしてやればいいやな」

「……藤十さん」

藤十の戯言《ざれごと》に、佐七はきつい目を向けた。

「冗談だよ、そんなおっかねえ顔するなって。……さてと、雪が止んだのだったら、これから俺は行くところがある。佐七は、自分の養生でもしていな」

逢麻の探索で、ここのところ忙しかった佐七に、体を休ませるよう藤十は気遣いを見せた。

出がけの支度《したく》をしたまま寝転んでいた藤十は、立ち上がるとそのままの恰好で足力杖を担いだ。

「それじゃ、行ってくるわ。もし、いかりやが来たら、相手をしてやってくれ」

外に出ると雲の合間からお天道さまがのぞいている。晴れてはきているものの、代わりに北風が強くなっていた。

二

向かい風をまともに受ける。

藤十は、綿入れの襟《えり》を片手で締めて、幾分前かがみとなりながら北に向かう。浅草御蔵前片町の足利屋へと足を急がせた。

浅草御門で神田川を渡るとすぐに、藤十は思い浮かぶことがあった。

「しばらく行ってないな」

蔵前通りの、一つ目の通りを右に曲がって行けば、一町先の平右エ門町《へいえもんちょう》にお志摩《しま》という実の母親が一人で住んでいる。小唄の師匠をしているが、老中板倉勝清の手掛けでもあった。二人の仲は三十数年におよぶが、いまだにその縁はずっとつづいている。

顔を出したお天道さまは真南にあった。正午どきを示す。

「もう、昼か……」

これから足利屋に行けば、昼餉どきにかかる。迷惑だろうと、藤十は半刻ほど避けることにした。

「おふくろのところで、めしでも食っていくとするか」

うまい具合にときを潰せると、藤十は独《ひと》りごちて辻を右に折れた。

一町も歩くと黒塀に見越しの松がせり出す、妾宅の趣《おもむき》がある一軒家が見えてきた。

格子戸を開け、母屋の玄関に近づくと家の中から三味線の爪弾《つまび》きが聞こえてきた。

小唄の師匠であるお志摩は、自らの精進も怠りない。

「いるな……」

稽古《けいこ》の邪魔をしては悪いと思いながらも、母子に遠慮はいらない。藤十は玄関戸を勢いよく開け、中に大きな声を飛ばした。

「おふくろ、いるかい？」

三味線の音が止んで、すり足の音が廊下の板を伝わってきた。

「藤十かい？」

顔を見せるが先に、お志摩の声が玄関先に届いた。

「ああ、そうだ」

五十歳に近い齢ではあるが、お志摩は五歳は若く見える。「――とても母子には見えないでしょう」と、他人《ひと》には自慢げにして語る。

お志摩が、藤十の前に立った。相変わらず若造りだと、藤十の相好《そうごう》が緩んだ。そんな藤十の様子を怪訝《けげん》に思いながらもお志摩は言った。

「そんなところにつっ立ってないで、早く上がればいいじゃないか。そうだ、おなかは空《す》いてないかい？」

母親というのは、子供が幾つになっても腹具合を心配してくれる。

「ああ、昼めしを食いにきた」

感謝する思いとは裏腹に、藤十はぶっきらぼうに言った。下手な遠慮は無用である。甘えることが親孝行だと、藤十は思っていた。

「だったら、おいしいお漬物をお弟子さんからいただいたんだよ。それで茶漬けでもどうだい？」

「そりゃうまそうだな。頼まあ……」

お志摩の居間で藤十は大の字となった。

「なんだい、来た早々そのだらしない恰好は。もうすぐお殿様が立ち寄るってのに……」

「えっ……そうかい、親父様がか？」

藤十は、起きると居ずまいを正した。

「そんな、今すぐ来るとは、言ってないだろうがね」

お志摩が苦笑いを浮べたところで、玄関戸の開く音がした。

「いるか？」

しわがれた声が居間に届く。

「あら、もう来たかね」

はーい、と甲高《かんだか》い声を出してお志摩は玄関へと、勝清を迎えに出た。

どたどたと、重い足音が廊下を伝わる。

「おお藤十、来てたのか」

父勝清を前にして、藤十は幕府の政《まつりごと》を司《つかさど》る老中と相対する姿勢をとった。正座をして、畳に手をつき、そして平伏する。

「なんだ藤十、ここにいるときぐらいはそんな堅苦しい恰好をするではない」

数年に一度、会うか会わないかの父子であったが、この半年の間は、長年に亘《わた》る父子の隔《へだ》たりを取り戻すかのように、頻繁に会っている。

板倉家の上屋敷は一橋御門近くにあるが、藤十はそこにも幾度か訪れるようになっていた。しかし、屋敷では父子であることは厳重に隠されている。対面の際は家臣の手前、それ相応の礼儀に服することになっていた。藤十は、お志摩の部屋でもその癖《くせ》が抜けない。

「まあよい。あまり慣れすぎるというのも、人前でそれが表れるものだ。いい心がけであるが、わしもここではくつろぎたいのでな」

父勝清の気持ちも分かる。心身を癒《いや》すために、お志摩のところに来るのである。

「親父様、肩を解《ほぐ》しましょうか?」

「おお、頼めるか。ちょうどいいところに藤十がいたな。それでは一つ所望しようか」

涎《よだれ》を垂らさんばかりに、勝清の面相は崩れた。

「藤十の按摩は、気持ちがいいからのう」

言いながら背中を向けると、中着の姿となった。

部屋の中は、炭火が煌々《こうこう》と熾《お》きて暖かい。襦袢《じゅばん》姿になっても、勝清は寒がることはなかった。

「それでは、圧《お》させていただきます」

踏孔師の口上を言って、藤十は勝清の肩に指をあてた。老体には、踏孔按摩はきつい。手の指圧で肩のこりを解す療治をとった。

まずは、両肩の『肩井《けんせい》』を圧す。

「うっ、固い」

幕閣としての重責は、肩のこりにも表れている。

「だいぶこっておられますね」

「ああ、ここのところ頭の痛いことばかり生じておるでな」

同じ老中である、田沼意次《たぬまおきつぐ》などとやり合うこともあるだろう。国を背負う幕閣の重圧は相当なものがあると、藤十は肩の経孔《つぼ》を圧しながら思っていた。

勝清がお志摩のところに来るときはいつも、何か悩みを抱えていることが多い。それを癒しに来るのだと、藤十は父の気持ちを思いやった。されば、おのずと指にも力が入る。

「うっ、効く……」

「かなりこりが深そうですねえ。そうだ、寝つきの悪いことはございませんか？」

「いや、寝られないことはない。まあ、齢だから早くは起きてしまうがな。どうして、そんなことを訊く？」

「こりが深く、圧しを強く求める人には寝不足の方が多いようですから」

「……寝不足か」

「寝不足がどうかなさいましたか？」

勝清の呟く声が聞こえ、藤十は訊ねた。

「いや、わしではないが、眠れずに酷く悩んでおる者を知っておるでな」

そのとき藤十の頭の中に、ふとよぎることがあった。きのう、十間店町の両替屋である銭高屋の善兵衛から聞いた話である。『――そのお方が、近ごろ眠れないで悩んでおるみたいでして……』と言っていた。その紹介で、これから蔵前に向かうところである。

藤十は指圧をしながら勝清に語りかけた。

「左様ですか。寝不足には首のうしろにある天柱を圧してから、背中にある膈兪《かくゆ》から、肝兪《かんゆ》、腎兪《じんゆ》に踏孔を施しますと効き目があります」

「わしに、そんなことを言われても分からんよ」

「すみません、つい能書きを……」

藤十が謝ったところで、お志摩から声がかかった。

「湯漬けができましたから、どうぞ召し上がれ」

「おお、そういえば昼どきであるな。一膳所望しようか。だいぶ、肩も楽になったしな」

「左様ですね、こりも解れてきました。これ以上やりますと、揉み返しがつらくなります」

藤十は言って、指圧する指の力を抜いた。勝清の肩から手を離す際、藤十は耳元で小さく声をかけた。

「親父様にお話が……ときをいただけないでしょうか？」

藤十は、最近起こった辻斬りの件で、勝清に相談をもちかけようと思っていた。下手人は高貴な武家の仕業《しわざ》と取っていたからだ。そういった、町方の手には負えない悪《あく》辣《らつ》な事件の解決には、老中の仕事とは別に勝清も、藤十たちのうしろ盾になって一役買っていた。

勝清が、お志摩のところにいられるときは、せいぜい四半刻が精一杯であった。お志摩の宿から少し離れたところに、忍び駕籠《かご》と供侍を待たせてある。

ゆっくりと話ができるのは、板倉家の上屋敷か下屋敷しかない。しかし、老中は多忙を極めるので、勝清が下屋敷に赴くことはほとんどなかった。

「ならば、いつがいいかのう。ここのところ、やたら多忙でな。きょうはたまたま、回向院《えこういん》からの帰りで立ち寄れたが……ならば、いつぞやのように下男を藤十のところにさし向ける。なるべく早くその機会を設《もう》けるから待っておれ」

「かしこまりました」

藤十は、勝清の背中に向けて頭を下げた。

溜《たま》り醤油《じょうゆ》漬けの沢庵《たくあん》で湯漬けをかっ込むと、勝清は「また、まいる」と言い残し、そそくさとお志摩の宿をあとにした。

「もっとゆっくりしていられないのかねえ」

久しぶりに来た情夫とも、たいして言葉を交わせずにお志摩が言った。

「すまなかったな、おふくろ。俺がついつい相手をしちまった」

「そんなつもりで言ったんではないさ。忙しさで、体を壊さなければいいんだけどと、案じたつもりさ」

「だったら、今のところはまだ大丈夫だ。肩はこっていたけど、どこといって体の中で悪いところはない。だが、齢が齢だから気をつけるに越したことはないけど。それにしても、元気はつらつだよなあ」

藤十は、父勝清の丈夫さに感心する思いで言った。

「ああ、若いころはずいぶんとあっちのほうでも鳴らしたようだからね」

「鳴らしたってのは、これか……?」

言って藤十は、右手の小指を立てた。

「あたしの前で、そんなもん立てるのはおよしよ。だけどまあ、そういうことだがね。やきもちを妬《や》くわけではないけど、あたし以外にも数人はいたんではないかね、お屋敷の外にも……」

正室、側室とは別に、お志摩と同じような妾宅が江戸市中に幾つかあったと言う。

「となると、俺の知らない兄弟がいるかもしれねえなあ」

「それは、分からないけど……なんだか、つまらない話になっちまったねえ」

お志摩は、ふふっと苦笑を漏らした。

「そうだ、俺もゆっくりしてられなかった。これから、蔵前に行くのだった」

「そうかい。だったら、寒いから気をつけるんだよ。風邪などひかないようにね」

お志摩の、倅《せがれ》を案じる声を聞いて、藤十は気持ちの中に温《ぬく》もりを感じとった。

「ああ、おふくろもな……」

言って藤十がお志摩の宿を出たのは、昼九ツ半（午後一時）をいくらか過ぎたあたりであった。

三

御蔵前片町は、お志摩の宿から六町ほど、蔵前通りを北に行ったところである。

鳥越橋《とりごえばし》で堀を渡るとすぐ右に、幕府の米蔵である浅草御蔵の下ノ御門がある。

藤十がこれから訪れる札差の足利屋は、それから半町ほど先の向かい側にあった。軒を並べる札差商の中に『札差　足利屋』と書かれた看板を見て、藤十は歩く足を止めた。

蔵前通りは、しょっちゅう通る道であるが、ここに足利屋という屋号の札差があるのを藤十は初めて気づいた。今までは、何気なく通り過ぎていたのである。

格子模様の引き戸を開けて、藤十は店の中に入った。

客である武士が数人、番頭や手代たちと話をしている。禄《ろく》としてあてがわれた米を、金に換える交渉をしているようであった。

藤十は、手の空いていそうな奉公人を見つけると、商売に障《さわ》らぬよう小さく声をかけた。

「もし……」

「えっ？　はい……」

驚く様子で二十歳前後の手代が藤十を見やった。札差に来る客としては、珍しい恰好である。肩に足力杖を担ぎ、小袖の上に褞袍を被せた客は滅多に来ない。札差が相手にするのは、腰に二本帯びた武士が主であった。

「えーっ、手前どもは質屋さんではございませんで……」

手代が、藤十の呼びかけに答えた。

「いや、わたくしはお店の客ではなく、ご主人の仙左衛門さまに用事がございまして……踏孔師の藤十と申します」

「……踏孔師の藤十？」

踏孔師の意味が分からず、手代は首を傾げた。

「主にですか。どのようなご用件で？」

「実は、十間店町は両替商の……」

「ああ、銭高屋さんですか？」

町名と職種を言っただけで、手代は合点をして屋号を口にした。相当に、親しき商売仲間なのだろうと、藤十は思った。

「左様です。ここに、主である善兵衛さんの紹介状もございます」

懐から取り出した書付けは、藤十を信頼させるに覿面《てきめん》の効果があった。「少々お待ちください」と言って、手代が母屋《おもや》とを仕切る暖簾《のれん》をくぐって奥へと入っていく。

しばらくして、用件を託した手代が戻ってきた。

「ただ今主は来客中でございまして、よろしければお待ちいただきたいと申しております」

伺いも立てずにいきなり来た藤十は、こんなことがあろうかと覚悟はしていた。出直すよりも待ったほうがいい。

「それでは待たせていただきます」

答えると、手代は店内の隅に藤十を導き、縁の板間に直に座らせた。

「もう少し、高く引き取ってはもらえんのか」

武士の、米の値をつり上げる交渉の声が耳に入る。

「これが本日の相場でございまして、手前どもで値を決めているわけでありませんので」

「そうではあるがのう……」

武士は渋々応じたようだ。そんなやり取りを聞いていて、藤十は札差という商《あきな》いの一端を垣間《かいま》見た思いであった。

四半刻が経つが、仙左衛門が奥から出てくる気配はない。店の奉公人は、午後になってから混みだしてきた客のあしらいで、藤十をかまう閑はなかった。お茶一杯すら出てはこない。もっとも、店に対して客のほうが機嫌を取る殿様商売である。客に茶を出す習いは、この店では以前よりないのであろう。

さらに四半刻が経ち、板間に坐ったきりで都合半刻近くが経った。

「申しわけございませんねえ……」

さすがに見かねたのか、件《くだん》の手代が、客との合間を縫って藤十に話しかけた。

「いや、ご多忙のところにきた手前が……」

藤十が言ったところで、奥を仕切る暖簾の向こうから声が聞こえてきた。

「それでは、よしなに頼む」

「かしこまってございます」

暖簾に手をかけて、店の板間に足を踏み出したのは、四十前後の痩身の武士であった。金糸を混じえて織られた袴《はかま》には、光沢がある。羽織もいい生地を使っている。見た目では、老中の板倉勝清よりも偉そうな形《なり》であった。

痩《や》せぎすの顔に、吊りあがった目は神経質そうに見えるが、武家の中でも高貴な役職に属するであろう、居丈高《いたけだか》な言葉にそんな素振りがうかがえた。

足元にそろえられ草履《ぞうり》の鼻緒に指を通そうとしたところで、武士は体の均衡が保《たも》てず、ふらふらとよろめいた。三和土に立つ藤十を相手にしていた手代が慌てて痩せぎすの体を支えて、転倒を食い止める。

「余計なことはいたすな」

てっきり礼が出るものと思った藤十は、武士とはいえ傲慢《ごうまん》なもの言いに首を傾げた。

「申しわけございません」

平身低頭手代が謝り、仙左衛門と見られる主もそろって詫《わ》びている。

憮然《ぶぜん》とした面持ちで高貴と思える侍は大刀を腰に差すと、何も言わずに店から出て行く。奉公人一同、他の客との相対をいっとき止めて、痩せぎすの武士に向けて一斉に頭を下げた。

武士の姿が見えなくなったところで、ようやく藤十に声がかかった。

「……藤十さんというのは？」

「はい、手前であります」

「いや、申しわけない。だいぶお待たせいたしましたようで……」

頭を下げ、腰を低くして詫びた仙左衛門の仕草には、藤十は好感をもてた。

「いえ、こちらから急にうかがいましたものですから、どうぞお気になさりませぬよう」

「何か、銭高屋さんの善兵衛さんからということで？　でしたら、どうぞお上がりになって」

言われて藤十は、仙左衛門の部屋へと案内された。

八畳の間は、普段仙左衛門が仕事で使う部屋だと言った。仕事部屋とはいっても、小さな文机《ふづくえ》が一つ置いてあり、その上に手文庫が載っているだけの、どこの商家の主人の部屋とも変わらないありきたりの様子であった。

それでも藤十は、仙左衛門の部屋に一歩足を踏み入れた瞬間、何か五感の一つに感じるものがあった。それは、至極微妙な感覚であった。

——今のは、なんだったのだろう？

五感のどこかに違和感を覚えたのか。室内を見回しても、一瞬にして通り過ぎていった感覚を取り戻すことはできなかった。藤十の受けた感触は、それほど僅《わず》かな違和感といえた。

床の間を背にして仙左衛門が座り、三尺の間を置いて藤十が向かい合った。左側に、足力杖を二本横たわらせてある。

仙左衛門の目が、足力杖を向いている。丁の字型の杖に、不思議なものでも見ているような目つきであった。

「これは、踏孔療治に欠かせない杖でして……」

「踏孔療治？」

初めて耳にする言葉なのであろう。仙左衛門の首が幾分傾いだ。

「平たくいえば、足力按摩のことです。それで、本日うかがったのは、ご主人様のお知り合いのお武家様で、眠れぬほど酷い肩こりに悩まされているお方があると、善兵衛さんからお聞きしまして。そのお武家様をご主人がよくごぞんじということで、ご紹介を……」

「なんですか、ややこしいでございますなあ」

「はい。善兵衛さんがそのお武家さんとの折衝がないということで、それで足利屋さんを……」

「その、肩こりの酷いお武家さんをご紹介すればよろしいのですな？」

「左様でございます。お願いできますでしょうか？」

「紹介するぐらいでしたら、やぶさかでないのですが……」

言って、仙左衛門の顔は憂《うれ》いをもった。

「何かございますのですか？」

どうも、銭高屋の善兵衛が言っていたことと様子が違う。たしか『ぜひにということで……』とか言っていた。藤十は首を捻るものの、往々にして人の言葉というのは異なって伝わる。これは少しでも藤十の商売の役に立てようと、善兵衛の方便と受け取れた。そう得心すると、藤十は気持ちを元に戻し真っ直ぐ前を向いた。

「藤十さんと申しましたかな？」

「はあ……」

「教えてもよろしいのですが、むしろ藤十さんのほうにご迷惑がかかるものと……」

口ごもる仙左衛門に、藤十は訝《いぶか》しげな顔を向けた。それにしてもやはり、善兵衛の話とはかなり話の内容が異なる。

「いや、手前はお客さまが増えればそれで……」

とは言うものの、やはり客は誰でもいいというわけではない。藤十は、仙左衛門の言い方にその客はどうでもよくなったと、気持ちが引け目になった。

「左様ですか。ぜひと申しますならばご紹介しますが、先ほどのお武家様……」

「えっ、あのお方ですか？」

武士の身分をあからさまに押し出した、傲慢な態度は今も頭にこびりついている。そんな男に媚《こび》を売ってまで、踏孔師の治療は施したくはない。そこは、病を治さなくてはならない医者とは違う。仁術などという高尚な建て前は藤十の中に一切なかった。客に喜んでもらうのが一番である。それには、気持ちよく踏孔療治を施せる客を相手にしたい。先ほどの、あの態度を見れば、藤十から即刻断りを入れたいところであった。

「ええ、あのお方でもよろしければ、お声をかけますが」

「いえ、もう結構でございます」

ああいう男の背中など乗りたくない。おそらく、足で踏みつけただけで『無礼者！』と、一喝《いっかつ》喰らうであろう。背中に乗れなければ、踏孔師の技巧も発揮できない。藤十は引き返すことにした。

「お邪魔いたしまして申しわけございませんでした。余計なお手間を取らせました」

深く頭を下げ、立ち上がろうとしたところで、仙左衛門が止めた。

「ちょっと待ってください、藤十さん」

終始、仙左衛門の口調は柔らかい。

「何か……？」

「でしたら、せっかくですから手前にその踏孔療治というのを施していただけませんか。このところ、どうも胃の腑の具合が悪いものでして」

半刻も待たせ申しわけないと思ったのか、仙左衛門が客になると言い出した。

「わたしの療治は、半刻の手間で一両ちょうどとなりますが、よろしいでしょうか？」

「一両ですか。按摩療治にしては、べらぼうですな。ですが、それだけの効能があるから、善兵衛さんも療治を受けているのでしょう。ここは、善兵衛さんを信じるとしまして、一つ願えますすでしょうかな？」

「それはもう、喜んで。でしたら、お蒲団《ふとん》を……ええ、敷き蒲団だけで結構です」

「それでしたらここではなく、寝室にて……」

仙左衛門の案内で、藤十は別の部屋に案内された。

「生憎《あいにく》と、家内は留守《るす》でして……」

言いながら仙左衛門は、自分で押入れを開けると中から敷き蒲団を一枚取り出した。

どこからか、琴の音色が聞こえてくる。藤十の耳がそこに向いた。

「ああ、あれは娘が奏でているものでして」

「左様ですか。いい調べでございますねえ。さて、お蒲団の上に座っていただけますか」

さっそく藤十は、仙左衛門の踏孔療治を施すことにした。

四

「だいぶ胃と腸のほうが、お弱りなようで……」

背中に乗って膈兪、大腸兪という経孔を圧したところで痛みを感じるのは、胃の腑が弱っている証《あかし》だと、藤十は説いた。

「はあ、そういえばこのところ食欲がなくて」

「それは、まずいですな。一度お医者さんによく診《み》ていただいたほうがよろしいかと。いや、さほど案ずることとは思いませんが……万が一のためにも」

藤十の、語尾が濁った言い方に、むしろ仙左衛門は怯《おび》える気持ちとなった。

「そんなに悪いのですか？」

「いや、そうは申しておりません。ですから、お医者さんに診せて、ちゃんとした……」

言えば言うだけ仙左衛門に憂いが帯《お》びてくるようだ。

このままでは気鬱の病になってしまうと、藤十は一計を案じた。適当に、脚のふくらはぎ近くにある経孔を圧した。

「ここは痛みますか？」

「いや、さほどではありませんな」

「でしたら、たいしたことはございません。ですが、早めに診ていただくのが肝心かと」

藤十は、仙左衛門の気持ちを安らげるために方便を言った。あちらこちらの経孔を圧して、触れるしこりに具合の悪さを感じている。実際は、踏孔療治ではどうにもならないほどの状態であると感じられた。

「分かりました。さっそく明日にでも、医者に診てもらいます」

藤十の方便に、仙左衛門の声は、明るさが戻ってきていた。

「そうしたほうが、よろしいかと……」

踏孔療治をはじめて半刻が経った。

「お疲れさまでした」

肩の疲れを揉み解し、ぽんと一つ叩いて藤十は療治の終わりを告げた。

「ふーむ、だいぶ楽になった。これではやみつきになろうというもの、銭高屋さんがおっしゃる気持ちも分かる」

首をぐるぐると回しながら、仙左衛門は療治の感想を言った。

「……やみつき？」

その言葉が、藤十の頭の中で引っかかった。

「何か、言いましたかな？」

「いえ、なんでもございません。それでは……」

「あっ、そうそう。一両でしたな？」

言って仙左衛門は、真新しい財布の中から一両の小判を抜き出した。

「申しわけございません。できましたら、細かいのでいただけましたら」

藤十は人に金を振舞う癖があって、金遣いが荒い。とくに、人の世話になったときの謝礼は怠らない。惜しげもなく一分、二分の金を差し出す。そんなことで、一両小判では使い勝手が悪いと、崩してもらうのが常であった。

「ちょうど一分金が四枚ある。これで、よろしいですかな？」

「いや、ご無理を申しまして……おや？」

藤十の目は、仙左衛門の手元に向いた。その目線を感じて、仙左衛門は自分の手元を見た。手にもつのは、真新しい財布である。

——見たことがある柄だ。

藤十が思ったところで、その財布が目の前に差し出された。

「これがどうかしましたかな?」

「これと、同じ柄の財布を見たことがございまして……」

「なんですって!」

仙左衛門の驚きは尋常でなかった。

「この柄と同じ財布を、以前追剝《おいは》ぎに奪われまして……」

「なんと!」

藤十も、仙左衛門と同じほどの驚きを返した。

「どこでご覧になられました? その財布を……」

「どこで奪われました? その財布は……」

二人の口から、奇《く》しくも問いが同時に発せられ、互いに言葉が聞き取れない。

「藤十さんからどうぞ」

「いや、旦那様から」

遠慮して先を譲ったのではない。互いに、話を早く聞きたいとの思いがあった。

「これと同じ柄の財布を、ある無頼の者がもっておりましたもので……」

「無頼の者?」

「左様です。どうやら、旦那様の話から先に聞いたほうがよろしいみたいですな」

「それでは、手前のほうから話をいたしましょう」

おもむろに、仙左衛門が話を切り出した。

「前にもっていた財布は特別に誂《あつら》えて、柄が気に入っておりましてな。それが、ひと月ほど前……」


元飯田町《もといいだまち》は外濠の突端、俎板橋《まないたばし》を渡ったところにある。そこは、武家屋敷が並ぶ町並みであった。内濠の対岸には御三卿の一つである『清水家《しみず》』の屋敷が見える。

ひと月ほど前と言ったが、正確には二十五日前の霜月半《しもつきなか》ばすぎ。仙左衛門は小僧一人を供につけ、元飯田町の『山脇十四五郎《やまわきじゆうしごろう》』という旗本の屋敷に赴《おもむ》いたことがあった。滞《とどこお》る借財の返却の談判である。交渉は長引き、仙左衛門が山脇の屋敷を出たときは、とっぷりと夜が更け、右側が少し欠けた居待月《いまちづき》が、天空に浮かんでいる刻となっていた。空気が澄《す》み、星のきらめく夜であった。

どこで鳴るか、宵五ツの鐘が聞こえてきた。

貸金弁済の交渉に二刻半かかった。それほどかけても、返してもらわなくてはならない金の催促であった。山脇からすれば、来て欲しくない客である。その間、茶一杯のもてなしもなかった。

「――遅くなってしまったのう。急いで戻るとするか、長吉《ちょうきち》」

明るい内に戻れると思っていたが、話がこじれ屋敷の外に出たときは、すでに夜の帳《とばり》は下りていた。話し合いは決裂したものの、それでもどうにか山脇から提灯《ちょうちん》だけは調達することができた。

「はい、旦那様」

長吉と呼ばれた十五歳になる小僧は、仙左衛門の半歩前を足元を照らしながら歩く。

浅草蔵前に戻るには外濠沿いを歩き、竜閑橋で神田八丁堀川を渡りすぐを左に折れる。本銀町《ほんしろがねちょう》から石町と日本橋をつっきり、伝馬町《てんまちょう》の牢屋敷の高い塀沿いを歩いて、旅籠の並ぶ馬喰町《ばくろちょう》を通り抜けるとそこは両国広小路《りょうごくひろこうじ》の手前、浅草御門につきあたる。神田川を越えて、蔵前通りに入ってもそれからおよそ七町先まで歩かねばならない。

元飯田町から、御蔵前片町までは一里以上ある。半刻ほどはかかるであろうか、普段歩きなれていない仙左衛門には負担の距離であった。

返金の首尾が振るわず、ひしがれている上に空腹が襲ってきた。

鎌倉町《かまくらまち》は竜閑橋手前の濠端、鎌倉河岸《がし》と呼ばれるところである。その手前一町ほどのところに、蕎麦屋の屋台の灯《あか》りが見えた。『二八そば』と提灯に記された文字が恋しく目に入った。

「おお、長吉。あんなところに蕎麦屋があるではないか」

財を成してからは立ち寄ったこともなく、仙左衛門はおよそ二十年ぶりの蕎麦屋の屋台であった。空腹と懐かしさが心の中で同居して、仙左衛門の足が急いだ。

ぼんやりとした灯りの中に、ぼんやりとしたおやじの顔が浮かぶ。遠目明るく見えた屋台も、近寄るとそうではない。

「おやじ、熱いところを二丁作ってくれ」

仙左衛門は、若いときの杵柄《きねづか》とばかり、通ぶって言った。張ってある品書きに『天ぷら』とあった。

「おやじ、からっとした天ぷらも入れてもらおうではないか」

「へい、かしこまりやした」

天ぷらが食えると、にんまりしたのは小僧の長吉であった。主の供でなければ、滅多に味わえないものである。

「おやじ、天ぷらは一丁でいいぞ」

小僧を甘やかしてはならないとは、仙左衛門の主義であった。長吉は、暗いほうに顔を向け、口を尖《とが》らせた。

「へい、お待ちどおさま」

あまり威勢のよくない声で、蕎麦屋のおやじは飯台の上に丼を二丁置いた。一つには、衣がもこもことした天ぷらが載る。もう片方は、真っ黒な汁の中に太麺の蕎麦が、浸かっているだけだ。薬味である葱《ねぎ》がおざなりで浮かぶ。

長吉は、天ぷらの載る蕎麦を羨《うらや》ましげな目で見ていた。

「なんだ、天ぷらといっても海老《えび》ではないのか。まあ、いいか……うまそうだな、どれ?」

仙左衛門は、まずは天ぷらを一口食んだ。

さくっとした食感を期待したが、すぐに裏切られたと感じた。ぐずっとした食感が口中に伝わる。それとともに、鰯脂《いわしあぶら》の焦《こ》げたような臭いが、鼻腔《びこう》を抜けた。これは堪らないと、口直しに汁を口に含む。醬油だけを煮詰めたような、だしの利いていない麵つゆであった。おまけに、湯冷ましのようにぬるい。

塩辛さだけが口の中を刺激する。口に広がる塩けを薄めようと、仙左衛門は太目の蕎麦を、ずるっと音を立てて啜《すす》ろうとしたが、小気味よい音はしない。二日ほど水に浸けておいたかと思えるほど、伸びきった蕎麦麵であった。ぬたぬたと、嚙むまでもなく、蕎麦は口中で溶けた。それが、歯の裏側にやけにくっつく。

仙左衛門は、これは堪らずとばかりに捨てようと、足元を見ると蕎麦麵が一玉落ちていた。小僧の長吉ですら、食うことができぬ蕎麦屋の味であった。

「おやじいくらだ？」

仙左衛門が、怒る口調で言った。

「もう、食べなさったかい？　えらく早かったですな。それでは、天ぷらが入りましたので、全部で五十文いただきますか」

具の何も入っていない、鰯脂で揚げた衣だけの天ぷらが十八文もした。長吉の蕎麦に載せなかったのが、せめてもの救いであったと仙左衛門は思った。

五

どうでもいい話を延々と語る仙左衛門に、藤十は「こほん」と一つ咳払いを打った。蕎麦がうまかったのまずかったのは、ここではどうでもいいことである。

「いや、申しわけない。あまりにも酷《ひど》い蕎麦屋でしたのでな、つい話したくなり……」

「それで、どうなりました？」

藤十が話の先を急かした。

「それで、竜閑橋の手前の鎌倉河岸まで来たところでした。すると急に、あんな不味《まず》い蕎麦を一口でも口に入れたのがいけなかったのか……」

胃の腑に痛みが奔《はし》り、仙左衛門は堪らずに座り込むと、神田八丁堀川の護岸に向けて、嘔吐《おうと》した。

「――大丈夫ですか、旦那様」

心配そうに長吉が仙左衛門の介抱をする。寒い日にもかかわらず、仙左衛門の額からは脂汗が浮かんでいるのが長吉の目にも入った。

「今、お医者様を……」

長吉が言って見渡すも、あたりは寝静まっている。しかも、このあたりは知らぬ土地であった。医者がどこにいるのかさえ知れぬ。

「そうだ、番屋だ。旦那様、ここでお待ちいただけますか？」

言葉はなく、仙左衛門は喘《あえ》ぎながらも首を縦に振った。

「……自分だけ天ぷらを頼むからいけないんだ」

ぶつぶつと文句を吐きながら、長吉は鎌倉町をひと回りした。番屋はあったが、番人がいない。路地から裏長屋に入ってみるも、灯りが点《つ》いている家はなかった。冬の冷え込みに、床につくのがみな早い。

急病人だと、人を叩き起こす知恵は長吉にはなかった。仕方がないと、長吉は隣町の永福町《えいふくちょう》に足を向けた。

その間にも仙左衛門の容態《ようだい》は、ますます悪くなっていた。胃の腑がきりきりと、絞めつけられるように痛む。悪寒が全身を駆け巡り、がたがたと震え出してもいる。

「……早く長吉は戻らんかな」

道端にうずくまりながら、仙左衛門は独りごち、心細さが身に染みたところであった。

「えへへ、こんなところに人がぶっ倒れてら」

「兄貴、たんまり金をもっていそうですぜ。はええとこ手に入れて、行きましょうや」

「慌てるんじゃねえ、竹松よ……」

「早く、金をもらって草を手に入れましょうぜ、三次郎《さんじろう》兄い……」

仙左衛門の苦しむ姿は眼中にない。仙左衛門は、痛む腹を抱えながら取り囲む男たちの足元を見ると、八本の足が見えた。四人いる勘定《かんじょう》である。

言葉の呂律《ろれつ》がおかしい。だが、酔っぱらっている感じではない。

「馬鹿野郎、往来ででけえ声出して草なんて言うんじゃねえよう。だから駄目なんだてめえは。半吉って親がつけたのも分からいなあ」

言って三次郎兄いと呼ばれた男が、げらげらと笑い出した。たいして面白くない話に、四人が奇妙な声を立てて笑う。仙左衛門は、腹が痛いのも忘れ気味の悪さが先に立っていた。

「おい、金があったらくれや」

うずくまる仙左衛門をのぞきこむように、三次郎が顔を近づけた。

命あっての物種と、仙左衛門は財布ごと三次郎に渡した。中には小判が十枚ほど入っている。

「おい、いただいたからよう、もう行こうぜ」

三次郎は、財布ごと懐にしまうと仲間たちに声をかけた。

「草が買える、草が買える」

はしゃぐ声が、仙左衛門からだんだん遠ざかっていく。それとともに、仙左衛門の意識も遠くなっていった。

「馬鹿野郎、そんなにはしゃぐんじゃねえや」

と、三次郎が笑い声で言ったのが聞こえたところで、仙左衛門の意識は途絶えた。

人を紹介してもらうつもりで来ただけが、思わぬ展開になってきた。藤十は、仙左衛門の話を聞き終えて愕然《がくぜん》としている。

「手前が気を失っているところに、長吉が医者を連れてきてくれて……」

助かったのだというくだりは、藤十の耳には入っていない。その間に、藤十は頭の中に叩き込んでいた。仙左衛門の話の中に出てきた『三次郎』『竹松』『半吉』という名前。あとの一人は出てこなかったが、おそらく『大八』という名であろう。

「……それと、草か」

草とは、逢麻のことである。呂律がおかしかったのは、それを吸っていたことがうかがえる。

「……といったことなんですよ。おや藤十さん、聞いておられるのですか？」

腕を組んで考えている藤十を、のぞきこむように仙左衛門が言った。

「あっ、申しわけございません。それにしても驚きました」

「どこが驚いたのか、今度は手前に聞かせてはいただけませんか？」

仙左衛門は、まだ事の経緯が分かっていない。このあと藤十から話を聞いて、驚くことになるのだろう。

まだ、決まったことではないが、騎兵番所の前で殺されていた男は、おそらく三次郎である。それを踏まえ、藤十はこれまでの経緯を要約して語った。

「手前の財布をもっていたその三次郎というならず者は、辻斬りに遭ったのですか。いい気味だ」

驚くと思っていた仙左衛門は、顔に笑みを浮かべ吐き捨てるように言った。気持ちは分かるが、この偶然には驚くほうが先だろうと藤十は思った。

「人を助けずに、金を奪って平然として去っていく。そんな男、殺されてあたりまえだ。そうでしょう、藤十さん」

「えっ、まあそうでしょうな」

仙左衛門の憤《いきどお》りに、藤十はとりあえずはそう答えざるをえなかった。

「しかし、旦那様。どんな極道であれ、むやみに殺されるってのは……それと、ほかにあと二人同じ目に遭っているんです。お気持ちは分かりますが、やはり下手人は捕らえませんと」

いい含めるように、藤十は言った。

「まあ、そうですが……」

不承不承であったが、仙左衛門から同意があった。

この事件には大きな裏が横たわっている。そのことにはまだ触れていない。

「旦那様が難に遭った話の中に『草』と出てきましたが、なんのことだかお分かりになりますか？」

「草って、野原に生えるあれですか？　ぺんぺん草とか……」

「いや……」

藤十は、真顔でもって頭を振った。仙左衛門の様子からは、本当に知らないようだ。

「草が買えるとか言ってましたけど、いったいなんのことでしょう？」

「旦那様は、麻ってごぞんじですか？」

「ええ、もちろん知っておりますとも。あの麻縄とか、麻衣とかの材料になるものでしょ。それが何か？」

「草とは、その麻の隠語なんですよ。麻の葉を煎じて煙草のようにして吸えば、大そう気持ちがよくなるって、若者の間で蔓延しているらしいのです」

「というと、なんでしたっけ？　あの清国から伝わる御禁制の……」

「それは阿芙蓉と申しまして、別名阿片とも言います。それと同じようなものでして、麻の葉から作られる場合は『逢麻』といって、やはりやみつきになると、体が蝕まれていくものらしいです。これらが本当に怖ろしいのは、一度でも手を出すと止められなくなるってことです。そして、廃人に向かって一直線ということでしょうな」

藤十は、力説して語った。

「そんなものが、この世にあるのですか？」

「旦那様が金を奪われたのも、ある意味、逢麻のせいでもあります。逢麻はかなり高価なものと聞いております。吸うためには、たいそうな金が必要です。今の若い奴ら、それも遊び人がそれだけの金を働いて作れますか？　もっとも、まともに働いている者は、そんなものに手を出さんでしょうがね。草を手に入れる金を作るのに手っ取り早いのは……」

「他人《ひと》さまの金を奪う？」

「そういうことでありましょう。旦那様も、そんな輩に見込まれて金を奪われたのです」

と、藤十は言い切る。

「そういうことだったのか」

仙左衛門は、互いの話が結びついたのを、得心したようであった。

このあと、仙左衛門の口から得られたのは、三次郎の人相が、佐七が言ったものと一致したことであった。しかし藤十が今一番知りたい、三次郎の弟分たちの居場所は、むろん仙左衛門からは、つかめるものではなかった。

銭高屋の善兵衛が、仙左衛門を通して紹介しようとしていたお武家は、元飯田町に居を構える山脇十四五郎という名の旗本であることが知れたが、仙左衛門の話を聞くにつけ、藤十はとても顧客にしたいとは思わなかった。足利屋の仙左衛門をお客につけただけで、それでよしとすることにした。

「最後に訊きたいのですが、金を奪われたことを奉行所には届けなかったのですか？」

「ええ、あのときはそれどころではなく……」

気を失うほどの腹痛に襲われ、財布を奪われたことすら失念していたと仙左衛門は言った。

「医者の手にかかり、腹痛が治まったときには、どうせ出てこないだろうと諦めてました。それに、腹痛で金を奪われたなんて、存外恥でもありますからな」

「なるほど……それでは、もう一つ。このことは他の誰かに話しましたか？」

「いや。ですから、金を奪われたことは長吉にも話してはいません。手前はいつも、財布以外に一両や二両の金はもっていますからな。医者にはそれで払えましたし。あっ、そうだ……」

「どうかなされましたか？」

「いえ、なんでもありません。ちょっと用事を思い出しただけでして。もう、夕七ツになるのですな、そろそろ出かけませんと」

仙左衛門が言ったところでちょうど、夕七ツを報せる早鐘が三つ、つづけて鳴った。

「これはご都合も考えず、長居をいたしました」

半刻待たされ、踏孔療治があったものの、一刻半はいた。

「いや、こちらもお待たせしましたし。それより、藤十さんの踏孔療治はやみつきになりそうです。また近々来ていただけますかな」

「ええ、喜んで……」

藤十が、御蔵前片町の札差足利屋の敷居を跨いで、蔵前通りに出たときちょうど、浅草寺《せんそうじ》の鐘は七つ目を撞《つ》いたところであった。

六

藤十が、住吉町の左兵衛長屋に戻ったときは、冬の夕日が秩父山塊《ちちぶさんかい》の裏側に隠れるころであった。富士の山が茜空《あかねぞら》を背にして、くっきりとその雄姿を黒く晒《さら》している。

佐七のところに顔を出したが、生憎《あいにく》と留守であった。みはりが土間に敷かれたぼろ蒲団の上で寝転がって、藤十の顔を胡乱《うろん》げに見つめた。

「みはりしかいないいんじゃ、しょうがないいか」

藤十は、自分の宿に入る前に向かいのお律のところに寄った。

「ごめんよ、お律ちゃんいるかい？」

お律は、左官職人である源治《げんじ》という名の父親と一緒に住んでいる。源治はまだ戻ってきてはいないようであった。台所でお律は、夕食の支度に余念がない。

「ああ、藤十さん」

顔を見せたのが佐七ではなく、藤十であるのを知って、お律の声は無愛想なものとなった。

「忙しいところすまねえな。おやじさんはまだ戻ってねえのか」

「ええ、なんだか現場が遠くらしくて、ここのところ帰りはいつも暗くなってから。ところで、喜三郎のおじさんなら今日は来ませんでしたよ。佐七さんは、午後から植松の親方に呼ばれたと言って出かけていきました」

お律から、喜三郎はおじさんと呼ばれる。思えば藤十も同じ齢である。十八の娘からみれば、相当な齢の差である。愛想をかけられないのも無理はないかと思った。

「お律ちゃん、ちょっと手を休めてくれないか」

「鍋を火にかけてあるから、少し待ってね」

言って間もなくお律は、台所から出てきて藤十の前に立った。

「すまないな。また、お律ちゃんの世話になりそうだ」

「また、何か事件が起きたみたいね」

「ああ、そうだ」

以前から藤十が留守のときは、伝言をお律のところにもたらすように手配をしていた。今度も、お律が中継役として役に立つことになる。

「いつもすまないな。それでだ……」

藤十は、仙左衛門から踏孔代としてもらった一分金をお律の手に握らせた。

「これで、おやじさんとうまいものでも食べな」

お律も、駄賃をもらうのは前々からのことで遠慮はしない。というより、返しても絶対に受け取らないのを知っているからだ。

「どうもありがとう」

にっこり笑って機嫌よく受け取る。お返しにと、芋の煮っころがしをもらった。愛想がいいのも、こういうときだけだ。

藤十は自分の宿に戻り、お律からもらった芋の煮っ転がしで冷や飯を食い終えると、炬燵の中に足をつっ込んでしばし思考に耽《ふけ》った。

考えることは、足利屋の仙左衛門から聞いた話であった。

「……それにしても、奇遇なことがあるもんだなあ」

口から出るのは、独り言である。

藤十は立ち上がると、引き出しにしまっておいた麻の袋を取り出した。その中には、三つのものが入っている。ここに置いておくからと喜三郎から言われ、預かったのだ。

辻斬りに遭った三次郎という男の懐に入っていたものだ。その中に、縞柄の財布があった。意匠に趣向が施され、仙左衛門が特別に誂えたものであった。

「これを奪われて、旦那さんはまた同じものを作ったのか」

あの財布を見なければ、これが誰のものかは、未だに分からなかっただろう。

「これが、あの旦那さんのものだったとは……」

仰向けに寝転び、藤十は手にもった財布をまじまじと見つめた。

冬の日の入りは早い。暮六ツを報せる鐘が鳴りはじめた。

「さっき、七ツの鐘を聞いたばかりなのに……」

藤十は、仙左衛門の居間で刻の告げを聞いた。刻の間隔が本当に短いと実感できる季節であった。だが、藤十の考えていることは、それとは違う。

「そういえば仙左衛門さん、あのときちょっと驚いた顔をしていたなあ。そのあとで、七ツの鐘が鳴り出した。あっ……」

このとき藤十が驚いたのは、何かが閃《ひらめ》いたからではない。思考をめぐらせていたときに、いきなり障子戸が開いたことによる。

「だれでい？」

「すいやせん。いきなり、驚かせちまったようで」

入ってきたのは、佐七であった。

「佐七だったか。いや、ちょうどよかった。俺も話をしたかったんだ。上がってくれねえか」

藤十は、寝そべっていた体を起こすと、炬燵の反対側を指差した。

「寒かったろう、炬燵に入ってあったまればいいや。めしは食ったのかい？」

「ええ、親方んところで馳走になりやした」

二尺角の、四角い炬燵を挟んで藤十と佐七が向き合う。炬燵の上に、麻の袋が置いてあるのを見ながら佐七が答えた。

「そうかい、それはよかった。俺も少し前に帰ってきたんだけどな、そしたら驚く話を聞かせてやるか」

「なんですかい、驚く話ってのは？」

佐七の顔が、楽しみだとばかりに緩む。

藤十は、袋の中から財布だけを抜き出すと、おもむろに言った。

「実はだな……」

「これのもち主が分かったぜ」

「なんですって？」

驚いた拍子で、佐七は炬燵の上に上半身をせり出した。

「やっぱり驚いたろう。ひょんなことからもち主を知って、俺もそのぐらい驚いたからな」

「いったい、誰だったんです？」

「それは順を追って話すけど、ここにいかりやがいればなあ。まあいいか、いなけりゃ仕方ねえ。奴にはあとで話すとして、この財布のもち主のほか、殺された男の名も分かった」

「さすが、藤十さんですねえ」

たった一日で、それほどの情報をつかみとってきた。その敏腕さに佐七は舌を巻く思いであった。

「いや、たまたまの偶然さ」

「その偶然てのに、並みたいていの者はなかなか出会えないんですよ。何か、やはり藤十さんはそういうものをもって生まれてきてるんでやしょうねえ」

「いやにもち上げやがるな」

佐七は、生まれたときからずっと人の裏側を歩いてきた男である。そのため、人を煽《おだ》てるということを知らない。心底から思ったことを口にするが、藤十はそれをよいしょと取った。

「いや、煽てじゃありやせんぜ」

「まあ、いいや。世辞はあとで聞くとして、それでだが……」

「ちょっと待ってくださいい、藤十さん。噂をすればですぜ……」

さすが元枕探しである。佐七の視覚、聴覚は研《と》ぎ澄まされていた。目は暗闇でも利き、耳は微《かす》かな足音を聞き取ることもできる。人の足音は早逃げを可能にさせた。

「もうすぐ障子戸が開いて、長い顔の人が入ってきますぜ」

音の具合で、それが誰かも分かる。

「いかりやか？」

返事の代わりに、佐七は笑顔を浮かべた。

「いるかい？」

がらりと、腰高障子の開く音がした。

「でしょ」

佐七は、得意げな目を藤十に向けた。

「なんでい、二人してにやにやしやがって。気色悪い野郎たちだな」

喜三郎が、炬燵の一辺に足をつっ込んだ早々言った。だが、目尻が垂れているので、機嫌の悪い顔ではない。

「今、いかりやの噂をしてたところだ。何も悪いことは言ってないから、安心しろ。ところで、寒いところよく来てくれたな」

「何かあるんじゃねえかと思って、自然と足がこっちに向いちまった」

「さすが、八丁堀の旦那の勘だ」

「煽てるんじゃねえや」

「いや、これはほんとに褒《ほ》めてる。佐七の感覚といい……」

藤十の、意外と思えるほど真剣な口調に、喜三郎の顔も引き締まった。やはり、何かあったなと、大柄な上半身を炬燵の上にせり出した。

「何か、あったのか？　例の袋が置いてあるが」

喜三郎は、炬燵の上にある麻の袋を見て言った。

「その前に、いかりやのほうは何かつかめたかい？」

「いや、取り立てて何もつかんじゃねえ。親分たちも、一所懸命やってると思うんだがな……」

配下には、竹松たち三人の身元を洗わせている。だが、岡っ引きたちからは、その日はなんのもたらしもなかった。

喜三郎の肚《はら》の内は、配下の緩慢な動きに業《ごう》を煮やしているのだが、ここでそれを言うのはさし控えた。

「それとだ、一つだけ分かったことだが。いや、分からねえと言ったほうがいいか……不思議なことにな、北町には先月二人殺された事件の記録すら残ってねえってんだ」

「それってのは、どういうことだい？」

「事件そのものがなかったってことだ。捜査が途中で打ち切られるのは仕方ないとして、事件の記録が消されることは、滅多にねえ。早い話、事件がねえんだから殺された奴もいねえって寸法だ。だから、身元なんざとても……」

「ならば、身内が騒ぐんじゃないのか？　行方《ゆくえ》知れずってことで……」

「そりゃ、まともな家族がいての話だ。今のところそんな訴えもねえんじゃ、よほどのはみ出し者《もん》てことだ」

はみ出し者と聞いて、佐七の顔は下を向いた。家族にすら見捨てられた男の無念さが自分と重なり、痛みを感じたのである。

「そういうのが、一人二人死んだところで、世間じゃ目もくれねえからな。おそらく、今度の馬場の事件もそうやって、うやむやになるんじゃねえのか。もし、佐七が目撃してなかったら、俺たちがこうして動くことはなかっただろうしな」

三人の気持ちがしんみりとなって、一拍の間が生じた。

「相手がどんなに半端者《はんぱもん》だって、それを虫けらみてえに殺す奴は、絶対に許せねえ」

憤りが、藤十の口調をべらんめえにさせる。反面、喜三郎が苦虫を潰したような渋い顔をして考えている。

「どうしたい、いかりや?」

「怒るのは分かるが、藤十……」

今までの意気込みが、萎《な》えたような喜三郎の顔つきであった。

「これほどうやむやにされる事件てのは、下手人は相当なお偉方だろうよ。たとえば、幕閣に絡むほどの……。ようく考えたら、そんなのを俺たちが相手にできるのか?」

喜三郎は、自分で語りながら怯えを感じてきていた。

「相手にしてみようじゃねえかい」

「相手にするって、どうやってだ?」

腕をまくって言ったものの、藤十は自分でも言葉が過ぎると思った。藤十には、父である老中板倉勝清を思い浮かべることができるが、喜三郎と佐七はそのことを知らない。一介の定町廻り同心が、巨大な敵を相手とするのに怯えるのは、仕方がないと思った。

藤十は、喜三郎の気持ちをどのようにして引き戻そうかと考えた。むろん、勝清のことは口が裂けても言えない。

七

「それはだなあ……」

喜三郎を説得する妙案が浮かばない。生半可な言い含めでは効かないだろうと、藤十は腕を組んで思案に耽った。

「なんだか、腰が引けちまったなあ、俺は……」

だらしがないとは、藤十には言えぬ。むしろ、正直に言う喜三郎のほうがあたり前だと思った。立場を逆にしたら、藤十だって然《しか》りであろう。

「佐七はどう思う？」

喜三郎は、佐七の考えを訊いた。

「あっしですかい？」

佐七としては、こんなことでも自分の意見を求められることが嬉しい。

「あっしには、お二人のやることをつべこべ言えやしやせん。ついていくだけでござ いやす。行くか引くかは、お二人で決めておくんなさいやし。喜三郎の旦那と同じように、あっしもやはりおっかねえのが本音で。ただ、旦那と違うのはあっしには、くっついている大事なものが何もねえってことです。ですから、その分相手が誰だろうと、かまわず突っ込んでいくこともできやす」

佐七の長台詞《ながぜりふ》を藤十は目を瞑《つむ》って聞いていた。

泥棒の親玉とか木《こ》っ端《ぱ》侍を相手にするのとは違う。お奉行様でも手を出せぬ事件に、喜三郎と佐七を巻き込むのは酷《こく》だろう。と、藤十の脳裏《のうり》をよぎったかと思うとそうでもない。

ここは、喜三郎が単なる町方同心で終わるかどうかの瀬戸際だと、藤十は考えていた。これを乗り越えれば、喜三郎はさらに一回りも二回り大きくなれると踏んだ。そのほうが、喜三郎にとっても生き甲斐となるし、それを望んでいるはずだ。背負うものは違うが、佐七も然りであろう。

ここは、どうあっても山を乗り越えなければならぬと、藤十は思い至りそれを口に出そうと、瞑っていた目をゆっくりと開いた。すると、炬燵の上にある麻の袋が真っ先に、藤十の目に入った。

「どうする藤十？　進むか、引くか……」

目を開いた藤十に、喜三郎は決心を委《ゆだ》ねた。

藤十は、すぐに答えず、袋の中身を炬燵の上に広げ、財布を手にした。

「なあ、いかりや。実はこの財布の、元のもち主が分かったのだ」

「なんだと？」

「それと、騎兵番所の前で殺されていた男の名も知れた」

「本当か、それは？」

長い顎《あご》を突き出して、喜三郎は驚く顔を藤十に向けた。

「それじゃあ、おめえ……」

「ああ、俺は一人になったってやると決めた」

これが藤十の答であった。

「まずは、それを伝えたかった。そんなときに、いかりやがこの寒い中やってきた。ところで、さっき自分で言ってたろうが。『何かあるんじゃねえかと思って、自然と足がこっちに向いちまった』とかなんとか。この事件はだ、おまえが一介の町方同心ではなく、男として避けては通れない縁《えにし》ではないかとふと思った。たしかに相手は偉い奴かもしれねえ。だが、裸にすりゃあ、そこいらにいる野郎と同じだ。偉《えれ》えもくそもねえ」

藤十の意気込みに、喜三郎と佐七は顔を見合わせた。

「そんな言い方をされりゃあ、引くに引けなくなったじゃねえか。しょうがねえ。佐七、俺たちもつべこべ言わねえで、根性を据えるとするかい？」

「もとより、お二人が決めたことのあとをくっついて行きやすんで」

笑みを浮べる佐七の顔に、決心のほどがうかがえる。

「よし、これで決まった。ならばだ……」

藤十は、足利屋仙左衛門と交わした話を一部始終、ほとんど漏らさずに語った。

「へえー、この財布はその仙左衛門さんという人のものだったのか。こんな偶然にぶち当たっちゃ、藤十だって引くに引けなくなるわな。なるほど、そういうことだったか」

喜三郎は腕を組むと、二度ほどうなずき得心する素振りを見せた。

「やはり、殺されたその三次郎って野郎と竹松たちは、逢麻を手に入れたいために人を襲っちゃ金を奪ってたんだな。佐七が騎兵番所のところで見たってのも、ちょうどその現場だった」

「となると、その美鈴っていう男装の女から金を奪うのをしくじり、そのあと出くわしたのが運悪く辻斬りだったってことか。馬鹿野郎がそんな相手にちょっかいを出して、三次郎は殺され、あとの奴らは……」

逃げ出したのだろうと、喜三郎が推理を働かせたところで首が傾いだ。

「いや、ちょっと待てよ」

「どうした、いかりや？」

「相手が武士だろうとなんだろうと、三次郎たちは見境なく襲ったのかい？　普通なら二本差しにはおっかなくて、手を出さねえんじゃねえのか。どうだい佐七、そのへんは？」

無頼の気持ちはよくわかっているだろうと、喜三郎は佐七に意見を求めた。

「だと思いやすがねえ。あまり侍にはつっかかりたくねえんでは……」

「だよなあ、だったらなぜ……？」

「それは、逢麻を吸っていて気が朧《おぼろ》になってたからじゃねえのか。佐七が酔っぱらっていたみてえと言ったのは、それでだろう。そうなったら人の身形《みなり》の区別どころではないだろうからな。しかしだ、どうも腑に落ちねえことがある」

「やはり、藤十も腑に落ちねえことがあるか」

俺もだと呟き、喜三郎は考えに耽る。

「どこが腑に落ちねえんですかい？」

腕を組んで考える二人の顔をのぞくようにして、佐七が訊いた。これには、藤十が答える。

「よしんばだ、逢麻を吸い朦朧《もうろう》とした状態でもって侍を襲ったとしたら、無礼討ちに遭っても仕方ねえよな。それならばむしろ正当な成り行きということで、斬ったほうも届けを出すだろうよ。それともう一つだ。逢麻とは関わりのない単なる辻斬りだとしたらどうだい。きのうの今日で、そんなに早く捜査が打ち切りになるってことがあるのか？」

藤十は言葉を置いて、喜三郎に問うた。

「いや、よっぽどのことがねえ限りねえだろうな。いくら偉え武家であっても、むやみに人を殺しちゃいけねえってのがご定法だ。たとえ相手がどんなに下郎であってもな。面倒くさくたって、奉行所としちゃあ一応ひと通りの捜査はすらあ。ましてや、前の月に殺された二人も同じ下手人だったかもしれねえし……」

「だから今度の事件には、やはり、よっぽどのことによっぽどの奴が絡んでいるんだろうと言えるぜ」

喜三郎の語りに、藤十が重ねた。

「……よっぽどのことによっぽどの奴か」

「ああ、よっぽどのことによっぽどの奴だ。いったいそれは……」

藤十、喜三郎、そして佐七の間で、禅問答のような会話が交わされた。

「よっぽどのことによっぽどの奴って、そいつも逢麻と関わりがあるんですかねえ？」

「いや、そいつは分からねえ。逢麻と辻斬りは、俺たちの話の中だけで絡んでるんだ。ここを整えて考えないといけねえ」

「だけどよ、藤十……」

喜三郎が、長い顎に手をあてながら口を挟んだ。

「前の月に殺されていた二人も、こいつをやっていたと、俺は踏んでるんだ。そうるとやはり、逢麻が絡んでのことじゃねえのかなあ」

麻袋に入っていた煙管を手にもち、喜三郎は言った。

「いや、俺もいっときはそう思った。だが、どうしても解《げ》せないのはそこなんだ。ならば、どうして奉行所は躍起になって追わない？　片一方じゃ、人に害をおよぼす逢麻ってやつを、この世から根絶したいと町方同心のけつを引っ叩《ぱた》いておいて。ここなんだよな、俺が分からないのは」

「うん、まったくだなあ」

藤十の語りに、喜三郎は再び顎に手をあて考える姿勢をとった。

「ちょっと、待ってくださいよ……」

話に割り込んだのは、佐七であった。

「喜三郎の旦那に訊きやすが、奉行所のほうはまだ辻斬りと逢麻の関わりに気づいちゃいねえんでしょう？」

「佐七は何が言いてえ」

意味がつかめず、喜三郎が長い顎をつき出して訊いた。

「て言うのはですね、殺された三次郎という野郎が逢麻をやってたということは、今のところここにいる、あっしら三人しか知らないことでは……」

「あっ、そうか」

「なるほど」

藤十と喜三郎の声がそろって出た。

「そう考えたら、話は簡単だ。どうも、俺たちはややこしく考えるきらいがある」

喜三郎の言葉に、藤十は一瞬にやりと含み笑いを浮べた。そしてすぐ、真顔に戻して言った。

「俺たちは奉行所の先を行ってたんだ。やはり辻斬りと逢麻は関わりがあるとみていいだろう。それを元にして、これからは考えようや」

「よっぽどのことってのは、逢麻のことに間違えねえだろうな」

一介の同心である喜三郎は、仕える奉行所より先に行く自分に震える思いであった。

「おい、いかりや！」

藤十は腰を上げるといきなり喜三郎の耳に向けて、大きな声を投げかけた。

「どうしたい？　人の耳元でそんなにでけえ声を出して」

耳をほじくりながら、喜三郎が言葉を返す。

「今思ったんだが、すぐさま岡っ引きの親分たちがやっている、竹松たちの探索は止めたほうがいいのじゃないか」

「どうしてだい？」

「この事件を、あんまりかぎ回らないほうがいいと思ってな。奉行所が手を引いた捜査を、裏で探っているのが相手に知れたとしたら……」

「やばいことになるかもしれねえってか？」

「ああ、そうだ。これは、面倒でも俺たち三人でやらなくては……」

「喜三郎の旦那が言う、やばいことってなんですかい？」

意味が受け取れず、佐七が訊いた。

「口封じ……」

藤十の一言に、佐七は得心する思いで大きくうなずいた。

八

外濠から流れを分ける神田八丁堀川を東にどこまでも行けば、やがて小伝馬町《こでんまちょう》の先の、亀井町《かめいちょう》あたりで流れを南に向ける。そこからは浜町《はまちょう》堀となって、大川に注ぐ運河であった。

外濠と、神田八丁堀川の分岐に架《か》かる橋が竜閑橋である。

翌日の早朝、竜閑橋の橋脚に男の死体が絡まっていると鎌倉町の番屋に届け出があり、事件は月番である南町奉行所にもたらされた。

喜三郎は欠伸を堪《こら》え眠い目をこすり、与力の梶原からの報せをぼんやりとして聞いた。昨夜、藤十と佐七の三人で話し合ったのち、士気を高めようと酒を酌《く》み交わしているうちに炬燵で寝てしまった。朝となり、喜三郎はそのまま南町奉行所に出勤したのであった。

「……そんなんで碇谷、おめえがその捜査にあたってくれ」

詰め所に同心は三人しかいない。定町廻り同心六人の内、三人はすでに出払っていた。

「現場はどこと、言ってましたか？」

半分は、寝ぼけて聞いていた喜三郎は、まずいと思いながらも訊き返した。

「なんだ、おめえ聞いてなかったのか？」

「いや、ちょっと聞き取れませんでして……」

「目が真っ赤ではないか、酒もほどほどにしろ」

ごまかして言うも、梶原はお見通しである。

「現場はだな、竜閑橋の袂《たもと》……」

なんですとと、叫びそうになったが、喜三郎はかろうじて驚きを内に隠した。しかし、鋭く見開いた目は梶原に向いている。

「どうした、碇谷？　人を睨みつけおって……」

「いえ、申しわけございません。して、殺されたのは？」

「なんだか、遊び人風の男らしい。顔に殴打された痕《あと》があるってので、どうせ喧嘩《けんか》の末のことだろうよ。下手人だって同じ類《たぐい》の連中だろう」

被害者がならず者風だということで、与力としては事件への関心が薄そうであった。

先日から藤十たちとの話の中に出てくる『竜閑橋』と、梶原の口にした『遊び人風の男』が、咄嗟《とっさ》に喜三郎の脳裏にひっかかる。竹松か半吉か、さもなければ大八かた。

——喜三郎の直感であった。

一気に酔いと眠気から、喜三郎は醒《さ》めた。

「それではさっそく、現場に馳《は》せ参じまする」

喜三郎は六尺近くある大柄な体を立ち上がらせると、腰に自慢の一竿子《いっかんし》の大刀を差した。

「そんなに張り切らんでもよいぞ。それより、おめえは逢麻の探索をしっかりとな」

与力梶原の言葉に、喜三郎は小さくうなずいた。

およそ三間巾《はば》の細い水路に架かる竜閑橋は、護岸の岸辺に組まれた丸太の橋脚で橋《はし》桁《げた》を支えている。

喜三郎が現場に赴くと、差し渡し三寸ほどの橋脚を抱えるようにして、男が絡みついている。同心たちの検証が終わるまで、殺された男はその姿勢でいなければならなかった。

もしも、喜三郎以外の同心がこの事件に携わったとしたら、単なる仲間内の喧嘩で終わっていただろう。奉行所の手を煩《わずら》わすことなく、町の壁蝨《だに》が一人減ったとおざなりの捜査で処理されるのが、この手の事件の通例であった。

原形を留めぬほど顔を殴《なぐ》られ、殺されていた男は竹松、半吉、大八のいずれかではないかと、喜三郎は踏んでいた。

――そうだとすれば、これは大変なことだぜ。

単なる喧嘩の末ではない。事件を回してくれた与力の梶原に、喜三郎は感謝をする思いであった。

しかし、喜三郎は単なる喧嘩の末として、報告を上げようと思っていた。

堤の上に男を引き上げてから、喜三郎は身元をたしかめるために懐をまさぐった。ひんやりとした肌が手に触れるが、厭《いと》うことはなかった。

季節は冬であるのに、男は薄着であった。裏地がついた厚手の小袖の内は、胸元あたりまで晒の腹巻を締めている。その腹巻の中に、一本細い棒状のものが埋まっている。目にすることなくも喜三郎は、それがなんであるのかを知った。周りを囲む捕り方役人の目を盗むようにして、腹巻の中にあったものを取り出すと、そっと懐の内に隠した。

羅宇が赤銅色した煙管以外には、男のもちものはなかった。

「何ももってやしねえ……」

言って喜三郎は、ゆっくりと立ち上がった。

「これじゃ、身元が分からねえな」

そして、ひと言添える。

屍《しかばね》を番屋に運び込んで、喜三郎はあらためて男の風体《ふうてい》をたしかめた。身形はやはり遊び人風である。齢は二十前後で体の色は白く、体つきは小太りであった。顔面は腫《は》れ上がって、元の面相を知ることはできない。

痛めつけられたわりに、体には外傷が見当たらなかった。頭部にも殴《なぐ》られた形跡がない。

「……おかしいな？」

喜三郎は呟きながら首を捻った。

――面を潰されただけで、死ぬもんかな？

顔面は酷く痛めつけられているといっても、致命傷になるほどではない。喜三郎でなくても、そのぐらいの判断はつく。

喜三郎は、死因を突き止めようと検死の医者を呼んだ。

「これは、心の臓の発作ですな。おそらく、顔を殴られているうちに、衝撃で発作を起こしたのでしょう。それ以外の要因は考えられませんな」

医者の診立てであった。

「……心の臓の発作か」

「何か、診立てにご不満でも？」

怪訝そうな顔をして、医者は喜三郎を見やった。ほかに用がなかったら、早いところ引き上げたいとの思いが見て取れる。

この医者に、何か聞き出そうとしても無駄だろう。むしろ、事件の根底にあるものを知られてはまずいと、喜三郎は医者を帰すことにした。

「ご苦労でした。先生、それでしたら、心の臓の発作ということで調べ書きを上げときます」

「ああ、あとはよしなに……」

と言って医者は帰っていった。

戸板の上に横たわる男は無縁仏となって、どこかの寺に葬《ほうむ》られることになるだろう。喧嘩相手が見つかることなく、事件はうやむやになって一件落着となる。だが喜三郎は、事件のその奥にあるものを知ろうとする。

　喜三郎は、寝ている屍の口に鼻をあてがった。そして、腕を腹のあたりに伸ばすと胃の腑のあたりを圧した。胃の腑に溜まった空気が、食道を通って口から吐き出される。

「……うっ、臭《くせ》え」

　逆流した悪臭がもろに鼻に被り、喜三郎は顔をしかめた。うっと吐き気をもよおすものの、喜三郎は気持ちを立て直す。そして、懐から煙管を取り出し雁首を鼻にあてた。

　胃の腑から出された臭いの中に、微かに雁首に残った臭いと同じものを喜三郎は嗅ぎ取っていた。

「かなり吸ってやがったな」

　呟きとはいえないほど、独り言は大きかった。いかんと思ったときは、すでに遅い。

「旦那、かなり吸ってたって言いやしたが、なんのことです？」

　番太郎以外は、誰もいないと思っていた番屋の中で、喜三郎はいきなりうしろから声をかけられ、どきりと一つ胸が高鳴った。

「なんでえ、浅吉《あさきち》だったかい」

喜三郎が振り向くと、配下で使っている浅吉という名の岡っ引きであった。いつも、頼りないと喜三郎の愚痴《ぐち》が出る目明しの親分である。

「いや、なんでもねえ……」

独り言を聞かれたのが浅吉と知って、喜三郎は安堵する思いであった。こうして答えておけば、浅吉からのつっ込みはそれ以上ない。

「それで、どうだった。三人の居どころは分かったかい？」

喜三郎は、話の矛先を変えた。

「ええ、なんとなく……」

「そうかい、それじゃあ話を聞かせてくれ」

へいと言って、浅吉は目を戸板に横たわる屍に向けた。

「こいつですかい、竜閑橋で殺されていやしたのは」

浅吉は、喜三郎の問いには答えず、まじまじと屍の顔を見やった。

「あれ、こいつは……もしや？」

「おめえ、知ってるのかい？」

「多分そうだと思うんですが、それを今話そうと……」

「しーっ、でけえ声を出して言うんじゃねえ」

喜三郎は、浅吉の言葉を制してあたりを見回した。幸い、年老いた番太郎が所在なさげに欠伸を堪えているだけである。

「へい、すいやせん」

ひと言謝りを入れてから、浅吉は小声で切り出した。

「おそらくですが、こいつは……大八……多分、そうかな？」

「なんでえ、はっきりしねえな。ぱしっと、ものが言えねえかい」

浅吉を叱咤《しった》する喜三郎の声も大きかった。番太郎が、寝ぼけ眼《まなこ》を二人に向けた。

浅吉は、番太郎の目にかまうことなく、小声で話しはじめた。

「てえ言いますのは……」

喜三郎から命じられ男たちの宿《やさ》を探っているうちに、竹松と大八という名にぶち当たり、浅吉はそれを追っているところであったとはじめに語った。

「聞いた話ですと、どうやらこいつらには、家というのがねえらしいのですよ」

「家がねえ？　どういうことだい」

「ほれ、よく言うでしょ『宿無し』って。橋の下なんかに住みつく……」

「それは分かってら。それにしちゃあ、けっこう小ざっぱりとした身形をしているじゃねえか。ああいった宿無しっていう連中は、もっとうす汚れたぼろなんか着込んでるんじゃねえのか？」

「それはそうなんですがねえ……」

　得心のいかぬ喜三郎に、浅吉はそのわけを言う。

「二人は、一年ほど前まで四谷鮫ヶ橋《よつやさめがばし》のうらぶれた長屋に住んでたらしいんですが、何があったのかそんなところですらいられなくなり、宿を追い出されたらしいそうです。いえ、どうしていなくなったかなんて、誰も知りやしやせん」

「四谷鮫ヶ橋といっちゃあ、相当にすげえところだな」

　四谷鮫ヶ橋は、下谷山崎町《したややまざきちょう》、芝新網町《しばしんあみちょう》と並び称され、貧に窮した者たちが暮らす場所として知られている。

「そんなところすらも追い出され、とうとう二人は宿無しとなったのでありやしょう。さらに探っておりやしたら、大八という名に覚えがあるという奴がおりやして、辿ってみますと柳原《やなぎわら》の土手に掘っ立て小屋を作り住んでいたらしいんです。ですが、二月《ふたつき》ほど前にそこから忽然《こつぜん》と姿を消したってことでやした。あっしが聞きおよんだ、大八という名の男はそんな過去を背負っているようでありやした。ええ、人相は潰れていて分かりやせんが、風体はこんな小太りって聞いておりやす。もっとも、これが大八っていう証はございやせんが、そうじゃねえかと……」

――これは大八に間違いあるめえ。

浅吉は、証がないと言ったが、喜三郎はこれが大八だと心に留めた。しかし、それでもさらに、確たる証が欲しいところだ。

喜三郎は顎に手をあて、考える仕草をした。

――そうだ、佐七はこの男を見ているのだ。

佐七と渡りをつけたい。だが、そのために浅吉を動かすわけにはいかない。自分で動こうと喜三郎は、番屋を出ることにした。その前に、浅吉に言いつけておくことがある。

頼りないと見下していた浅吉を、喜三郎は見直した。だが、口にしたのは誉め言葉ではない。

「親分たちは、もうこの件には携わらねえでいいや。下っ引きたちにも、そう言っておいてくれ」

事件をかき回すだけでなく、浅吉たちに危害がおよぶことも考えられる。だが、それは口に出せないことだ。

「どうしてですかい？」

「これが大八だと分かればそれでいい。おめえらは追っていた泥棒の件で忙しいだろうし、そっちの下手人を捕らえてきてくれ」

理由《わけ》を語れぬもどかしさを、喜三郎は感じて言った。

「ですが、もう少しで竹松ってのも……」

「いや、もういいんだ。黙って俺の言うとおりにしてくれねえかい」

訝しそうな顔した浅吉に向けて、喜三郎としてはもの静かな口調で返した。

「これは喧嘩の末でのことだ。あとは俺に任せて、親分たちは……」

「へい、分かりやした」

喜三郎がこういう言い方をすれば、何か裏があると浅吉も心得ている。もし、これ以上何かを言えば、烈火のごとく怒り出すに違いない。浅吉は素直に引くことにした。

「すまなかったな、おかげで助かったぜ。また、何か願いてえことができたら、そんときはよろしく頼まあ」

「へい。そんときはなんなりと仰《おお》せつけてくだせい」

喜三郎に珍しく褒められ、浅吉は機嫌のいい様子で番屋をあとにした。

「とっつぁん、半刻ほどで戻るから仏をこのままにしておいてくれねえかい。誰が来ても、ぜったいに触らせねえでくれ」

框に腰をかけぼんやりとしている年老いた番太郎に、喜三郎は声をかけた。

「へい、分かりました。行ってらっしゃいやし」

喜三郎が番屋を出たのは、朝四ツの鐘が日本橋石町のほうから鳴りはじめたときであった。藤十と佐吉が住む、住吉町の左兵衛長屋までは、鎌倉河岸から十五町ほどのところか。

第三章　禁断の症状

一

佐七の検死で、鎌倉町の番屋に横たわる屍が大八であることが知れた。着ている袷の柄と、体つきが一致していると佐七は言った。浅吉の言っていたことと照らし合わせれば、充分な証となろう。それでも喜三郎は、この事件を単なるならず者同士の喧嘩の末として、身元不明のまま奉行所に報告を上げた。まつわる真相は、ひた隠しにする。

その夜も、藤十の宿で三人は集まった。

竜閑橋の一件を、藤十は身を乗り出して聞いた。

「ことは動いてきたな。仏には可哀想だが、無縁仏にしたのは賢明だった。それにしても、面《つら》を殴ったくらいで人は死ぬのかなあ？」

ひと通り話を聞いたあと、藤十に疑問が幾つか生じた。まずは死因について、首を傾げる。喜三郎は、まだそのことを言っていない。

「それについちゃ俺はこう思う。大量に、しかも急激に草を吸わされて、心の臓が発作を起こした。そのあとに顔面を殴ったのだろうよ。一つは、面相が知られないために。もう一つは、喧嘩の末と見せかけるためだろう。事件をうやむやにさせるためにも……」

「ならばなぜ、煙管なんぞ晒の中に残しておいた。そんな大事なものを残さねえってのが、下手人としちゃあ普通だろう？」

「それは俺にも分からねえ。少しは、自分で考えてみろよ。藤十は頭がいいんだから」

ああと言って藤十は考えてみるも、その場では想像がおよぶものではない。

「まあいいや、そんなこと」

面倒くさそうなもの言いで、藤十は問題をあと回しにしようとしたときであった。

「ちょっといいですかい？」

二人の話を聞いていた佐七が口を挟んだ。こういうときの佐七は、意外と目端の利いた意見をもち出す。きのうの夜も、そんなことがあったと、藤十と喜三郎は耳を傾けた。

「逆に誰かが差し込んだってことも、考えられますぜ」

佐七の考えは、逆の発想であった。

「何が言いてえんだ、佐七？」

喜三郎が、長い顎をつき出して訊く。きのうもこれと同じような情景があったと藤十は思った。

「いや、そこまでは分かりやせん。ですが、あの大八ってのを殴ったのは数人でありやしょう。その中に、おそらくいたのでは……」

「竹松と半吉が、仲間をか？」

藤十が、首を傾げながら言った。

「いや、それはなんとも……ですが、そいつらがそばにいたことはたしかでありやしょう」

ならば、なんのためかと考えるものの、答までは出てこない。

「……仲間割れにしちゃあ、様子が変だ」

喜三郎の呟くあとに、しばらくの沈黙があった。

「よしんば竹松と半吉が絡むとして、考えられるのは……」

藤十がおもむろに口を出した。

「誰かに命じられたか脅されたかで、否応なしに仲間を殴ったのだろうな。そのことを誰かに伝えたくて煙管をそっと差し込んでおいた」

「そりゃ藤十、考えすぎじゃねえか。俺たちでなけりゃ、そんなことに気づく奴はいやしねえだろよ」

「だから、万が一に賭けたんだろうよ。この謎を解いてくれる者がいるのではないかと、煙管に託《たく》したのさ。そうだろ、佐七？」

佐七の思いつきに、なるほどと藤十の考えは至った。意見を求めて、佐七の顔を立てる。

「いや、あっしにはそこまではなんとも。ですが、さすが藤十さんでやんすねえ」

一歩引くものの、佐七の口調は藤十と同じ考えであったことがうかがえる。

「それにしても、やけに複雑になってきやがったなあ」

喜三郎の口からは、愚痴が漏れた。

概要はおぼろげながらつかめたものの、事件はますます混迷の度合いを深めていく。

これから先は、ことを慎重に運ばねばならない。

藤十、喜三郎、そして佐七の三人は手はずを決めあぐねたまま、それから二日ほどが過ぎた。

その日の昼前、頼まれていた踏孔按摩を済ました藤十は、左兵衛長屋へと戻ってきた。

正月を間近に控え、裏長屋も慌しさが増してきている。井戸端ではかみさん連中が、正月を迎える話で盛り上がっていた。その大年増たちの中に、一際若いお律が交じっている。牛蒡《ごぼう》を洗っていたお律の顔が、木戸をくぐってくる藤十に向いた。

「藤十さん……」

お律が、自分の宿の前に立つ藤十を呼び止めた。

「どうしたい、お律ちゃん」

「四半刻ほど前、奴《やっこ》さんみたいな人が来て、藤十さんにこれを渡してくれって……」

お律は袖にしまった書付けを取り出した。

「ありがとうよ、お律ちゃん……」

お律が井戸端に戻ったのを見届けてから、藤十は家の中に入った。座敷に上がると、窓際によって、書付けの中を開けた。

「やはり、親父さまからだ」

ひと言呟き、そして中身を読んだ。

——夕七ツ、屋敷に来られたし　勝清

とだけ認《したた》められてある。

「……夕七ツか」

お志摩のところで、目通りを願い出ていた。その答が今しがた来たのである。

藤十には、勝清を訪れるにあたり、煩《わずら》いが一つだけあった。その夕、蔵前の足利屋にも踏孔療治で呼ばれている。奥方の、血の道の不順を治してもらいたいとの依頼が重なった。しかし、藤十にとっては勝清との面会のほうが大事である。踏孔療治はいくらでも先に延ばせると、足利屋に断りを入れることにした。

一橋御門近くの板倉家上屋敷に赴くにあたり、藤十にとって面倒くさいことがある。

「——そんなみっともない恰好で、お殿様の屋敷に行くのではないよ」

と、母親であるお志摩から釘をさされ、いつもの形《なり》で行くことができない。一度お志摩のところに寄って、板倉巴《どもえ》の入った紋付きを羽織り、普段着つけない袴まで穿《は》かなければならない。

お志摩の手により髪も梳《す》いてもらい、髷を整える。本当の名である『板倉藤十郎』に姿を変えるのであった。

「……ゆっくりしてたら間に合わないいな」

一服する間もなく、藤十は出かけることにした。

幸いにも、お志摩の家と足利屋とは、方角が同じである。足利屋を先に訪れることにする。

足利屋に赴くと、先日と同じように、生憎と主の仙左衛門は来客中であった。此度《こたび》もまた、半刻も待たされたらまずいなと案じながらも、ここは引き返すわけにはいかない。約束を違《たが》えるのは藤十のほうである。直接に伝えて詫びなければならないのが、人の道であると義理堅い。藤十は、半刻は待とうと覚悟を決めたものの、案ずるにはおよばなかった。四半刻も待たずして、廊下の奥から仙左衛門の声が聞こえてくる。

「それではよろしくお願いいたします」

「ああ、分かっておる。そんなに案ずるではない」

聞いたことのある声音であった。やがて母屋と店を仕切る暖簾をからげて、店の板間に立ったのは、先だってもここで顔を合わせた、山脇十四五郎という名の旗本であった。肩こりが酷いと、踏孔療治でもって紹介されようとした相手である。だが、神経質で、態度が居丈高なのは、藤十がもっとも嫌う輩《やから》である。そんなことから、藤十のほうから断りを入れた。

——たしか、元飯田町に居があると言ってたな。

藤十が思ったところで、山脇のきつい視線が向いた。瘦せぎすの顔は、先日見たよりかなり青みを帯びている。

——あの様子では、何かあるな。

不健康そうな面であった。

山脇と目が合い、藤十は小さく礼をした。しかし、山脇のほうからは挨拶らしきものが返ることはなかった。

三和土《たたき》に置かれた草履に足指を通し、土間に立ったときにまたも先日と同じように、ふらつく様子が見られた。先だって手を添えたとき、余計なことをするなと叱られた手代は、見てみぬふりをしている。

やはり此度も憮然とした面相を浮かべ、山脇十四五郎は足利屋をあとにした。

「藤十さん、お待たせしましたな」

山脇を送り出し、ようやく仙左衛門の目は藤十に向いた。

「それにしても、こんなにお早く来られるとは」

「いえ、実は……」

藤十は、夕方来る約束が果たせなくなったと、深く腰を折って詫びた。

「左様ですか。それはわざわざ申しわけない。のっぴきならないことでしたら、仕方がない。どうぞ、お気になさらず」

「本当に、申しわけございませんでした」

藤十が、二度頭を下げたところで母屋の奥から、女の甲高い声が聞こえてきた。

「どこにやったか知りませんか、あなた……」

「ああ、今行く」

仙左衛門は奥に向けて、声を返した。

「……まったくしょうがないな」

仙左衛門の眉間に皺が寄り、困惑の思いが宿る顔つきとなった。

「家内が手前を呼んでいるようだ。それでは藤十さん、ここで失礼する」

そそくさとした仙左衛門の背中が暖簾の奥に消えるのを待って、藤十は足利屋をあとにした。

お志摩のところに立ち寄り、堅苦しい衣装に着替えた。二本の足力杖は置いておき、腰に大刀を差す。

「おお、立派なお侍さんになったねえ」

お志摩に世辞を言われ、藤十は板倉家へと足を向けた。

二

外濠沿いを一橋御門まで歩き、北に少しいったところが板倉家の上屋敷である。

藤十は、この数日にあった二つの殺し現場を通って、板倉家まで行くことになる。

竜閑橋の袂では、大八が顔面を痛めつけられ殺されていた。そして、騎兵番所の馬場前では、藤十たちが事件に関わることになった三次郎の一刀断ち。

関わりがあるとすれば、もう二件の辻斬りを加えなければならない。遡《さかのぼ》ればひと月ほど前、やはり竜閑橋の近くと、そこから南に行った常盤橋付近でも、遊び人風の男たちが辻斬りに遭っていた。

勝清への目通りは、これらの殺しにまつわることである。そして、辿る果ては『逢麻』との関わり。すべては一つにつながろうかとする事件の根幹であった。

「……さて、どのようにして切り出そうか」

考えながら、藤十は老中板倉勝清の待つ上屋敷へとやってきた。

ここには半年の間に四度ほど来て、門番とはすでに顔見知りになっている。

「これは、藤十郎様。しばらくお待ちを……」

初めてきたときの、胡散臭《うさんくさ》さを宿した門番の顔はもうない。

やがて家臣の一人が顔を見せ、藤十を屋敷の中へと案内をする。

「間もなく殿はまいりまする。少々お待ちを……」

家臣も心得ている。いつもの書院の間に通されると用件だけを伝え、去っていった。

やがて静かに襖《ふすま》が開く。

「おお、待たせたな藤十。先だってはすまなかった。おかげで体がだいぶ楽になったぞ」

入ってきたのは、勝清一人であった。四方が襖に囲まれた隣部屋は、人払いがされて聞き耳を立てる者はいない。

機嫌のいい顔をして勝清は、一間の間をおき、藤十と向かい合った。

「またお揉みいたしましょうか？」

「いや、きょうはいい。ここではちょいと、はばかられるでな。また、お志摩のところに寄ったら……」

所望しようと、言おうとしたところで襖の外から声がかかった。

「殿、お見えになられました」

「おお、来たか来たか。早《はよ》うこれへ通せ」

言った勝清の顔に、笑顔がほとばしる。

――俺の話を聞いてくれるのではなかったのか？

自分の相談に乗ってくれるものとばかりに思っていた藤十は、怪訝に思い小さく首を傾げた。


「お邪魔いたしまする」

言って入ってきたのは若衆の形をした男。いや、よく見ると顔は女であった。前髪立ちの若衆髷のうしろ髪は、背の肩口ほどまで垂れている。弁柄色の小袖に紫紺の平袴を穿いている。

――おや？　どこかで聞いたことのある恰好だ。

齢は二十四、五歳であろうか、かなりの美形である。顔の色は雪よりも白く、潤《うる》むような大きな瞳に鼻筋は通り、口はおちょぼ口の面相に、藤十は瞬間にして驚く顔となった。

――佐七が見たという、男装の麗人。まさか美鈴という……？

藤十の脳裏に女の名が浮かんだところで、勝清の声が届いた。

「この者はだな、普段男の恰好をしておるが実は女なのだ」

「左様でございましたか」

分かっておりますとは口に出さず、藤十は義理にも驚く顔を見せた。

「名は美鈴と申す」

「よしなに、お願い申し上げまする」

勝清の紹介に、美鈴は男言葉でもって藤十に一礼をした。

――やはりこの女……だがなぜに、ここに美鈴が？

あまりの符合に、藤十の顔色は見る間に変わった。藤十は、自らも面相の変化を感じ取っていた。悟《さと》られぬようにと、幾分うつむき加減になったところであった。

「いかがした藤十、黙りおって。そうか、あまりにも美鈴が美貌なので……」

勝清には顔色の変化を読み取られていた。しかし、言葉は、藤十の思いとは別の意味でとらえられている。

「いや、そうでは……」

ありませぬと、藤十は首を振って打ち消す。

「まあよい。だが藤十、この美鈴との色恋は叶わぬぞ。そうだ、美鈴にも紹介をしておかなければならなかったな。この男は藤十……普段はその名で通っておるが、本名は藤十郎と申す」

「藤十郎様、よしなに」

美鈴の一礼が、藤十に向いた。

「いや、藤十でよいぞ。藤十郎とはここだけで、口に出してはならぬ」

勝清が呼び方を咎《とが》めると、美鈴は「はて？」と、整った顔に訝しげな表情を浮かべた。

「わけはおいおい分かるだろうが、普段この男は町人であるからな。よいか、美鈴……」

美鈴の表情の変化をとらえ、勝清は言った。「はい」と一言、小さな口で美鈴は返す。

「二人は初対面であったな……」

勝清の笑みに、藤十は含みを感じた。そしてこのあと、勝清の言葉に、藤十はさらに仰天《ぎょうてん》することとなった。

「先ほど色恋は叶わぬと申したのはだな、美鈴は藤十の妹。藤十は美鈴の兄だからよ」

勝清の、衝撃の告白であった。

「なんですと！」

「なんですって？」

藤十と美鈴は、体をのけぞらすほど仰天し、互いの顔をまじまじと見つめ合った。

「すまぬ、今まで黙っていたのはわしの身勝手な都合があってのことだ。察してもらいたい。だが、わしもこの齢になり、いつかは言わねばと思っていたのだ。二人を引き合わせるのは、今このときしかないと思っての」

美鈴は、藤十と同じ境遇の娘であった。妾に屋敷の外で産ませた子だと、勝清は腹違いの兄妹《きょうだい》に対し打ち明けたのであった。

このとき藤十は、先日お志摩が言っていたことを思い出していた。

『——あたし以外にも数人はいたんではないかね、お屋敷の外にも……』

——このことだったか。

脳裏をよぎった瞬間、藤十は心の騒ぎがすーっと収まるのを感じた。

「左様でございましたか」

藤十の声音は平静さを取り戻している。

「藤十は分かってくれおったか？」

「はい。あまりにも突然でありますが、こんなきれいな妹ができて嬉しい限りでございます」

「そうか。それで美鈴のほうはどうであるか？」

美鈴のほうにはためらいが見える。急に兄がいたと言われても得心がいかぬ素振りであった。

「そうであろう。とまどうのも無理はない。だが、美鈴……」

「いえ、お殿様。わたくしも、こんなご立派な兄上がおりましたとは、思いもよりませんでした。お会いできて嬉しゅうございます」

勝清の手前だったか、美鈴は端整な顔に幾分引きつりをみせて、納得の素振りをした。気持ちの奥を図《はか》れぬものの、美鈴のうなずきに勝清は安堵する思いとなった。

「そうか。二人に分かってもらい、このわしもようやくほっと一息つくことができた。藤十と美鈴のことは、ずっとわしの中でわだかまっていたのだが、これを機によろしく頼む」

老中板倉勝清が、二人に向けて頭をさげた。

「そんな、頭を上げていただかぬと困ります。お殿様……」

美鈴が、ひと膝乗り出して老中を制した。

「ならば、もっと早くご紹介くだされればよろしかったでしょうに、親父様……」

藤十のほうは、気安く声をかける。

「であったよのう。だが、そうはいかぬのがつらいところよ、いろいろあってのう」

立場が立場である。藤十は、父勝清の立場を思いやって、それ以上は聞かぬことにした。

美鈴の顔色を見ると気の高ぶりも収まり、表情が穏やかなものになっている。思いは藤十と同じであろうと、勝清は美鈴の心内を読んだ。

「美鈴はある剣術師範所の養女になっておってな。わしとは父娘の縁は切れておるのじゃよ。だから父とは言えぬものの、娘であることには違いない。これからは仲良くのう」

美鈴は、面と向かっても勝清を父とは呼べない事情を抱えていた。その点、父と言えるだけ幸せだと藤十は思った。

「はい」

藤十と美鈴、二人同時の返事であった。

「それはさておき。実はのう、藤十……」

これまで笑みを含んでいた勝清の顔が、にわかに真顔となった。

「はっ……」

藤十は居ずまいを正して、勝清の話に耳を向けた。

「先だって、この美鈴に相談をもちかけられたのだが。これが、おぬしたちを引き合わすに、よい機会と取った」

「相談とは、どんなことでございましょう？」

「その前に、藤十は『逢麻』というものを知っておるか？」

「えっ、今なんと申されました？」

にわかに信じられず、藤十は思わず訊き返した。

「逢麻であるよ。何か麻の葉を煎《せん》じて……」

「煙草のように吸う、麻薬でございましょう」

「なんだ、知っておるではないか」

「はい、知っておるどころではございません。先日わたしが相談があると申しましたのは、その逢麻に関わる……」

「なんだと、藤十たちも関わっておったのか？」

「はい。まだ、なんとも申せませんが、おそらくそうだろうと。徐々に次第を知るにつれ、わたしたちの手には……」

「大物が相手で、敵わないとでも言いたいのか。して、それはどこの誰なのだ？」

「いや、まだなんともそこまでは。おそらくそういうお方が相手ではないかと、思っているだけでであります」

「ここは、藤十からの話を先に聞くようだな。のう、美鈴……」

なんたる符合と、美鈴の驚く大きな目が藤十に向けられている。

外では兄妹と呼び合えない仲ではあるが、美鈴とは、この先長いつき合いになりそうな予感を藤十は感じていた。

三

藤十は、右手に座る美鈴に顔を向けた。

鼻筋の通った端整な横顔を目にして、藤十の心の臓がどきんと一つ高鳴りを打つ。

「……いかん」

妹ではないかと、首を振って藤十は邪念を抑えつけた。

「いかがした、藤十？」

「いや、なんでもありません」

勝清の問いに、藤十は平静を装《よそお》う。気を静めると、仕切り直して美鈴に顔を向けた。

「美鈴殿……」

「美鈴でよろしくてよ、藤十さま」

「ならば、そちらも藤十でいい。まあ、呼び捨てもなんだ。藤十さんとでも……」

「さすれば、藤十さん。どうも、呼びづらいですわね」

「呼び方などどうでもよい。話を先に進めぬか」

二人のやり取りに、勝清が口を挟んだ。

「申しわけありません。それで、美鈴……」

佐七から聞いていた、暴漢のことを美鈴に向けた。刀を抜いたが、相手にせずあえて逃げ出したところまでを語る。

「藤十さんは、どうしてそれを？」

前にも増して、美鈴の驚く大きな目であった。この話には興が湧いたか、勝清の体もぐっと前にせり出す。

「実は、俺の知り合いがその始終を見ていたのさ。その知り合いというのは、あとでゆっくり話すことにするが。それで、逃げたその後のことを訊きたいのだが」

藤十は、普段どおりの砕《くだ》けた口調で美鈴と対した。

「美鈴たちが逃げたその後に、三次郎という暴漢の一人が一刀の下に斬られたのだが……」

藤十は、わざと疑いの目を美鈴に向ける。

「いえ、それはわたくしではございませぬ」

きっぱりとした口調であったが、美鈴の顔は青みを帯びている。一つ間違えれば、下手人にされるところでもある。

「ああ、それは美鈴ではなかろう」

まずい成り行きになったかと、勝清が横から口を出した。

「分かっておりまする。もし、下手人が美鈴だとしたら、なぜその前に逃げることがございましょう。その場で討ち果たしてもよかろうものかと。それをしなかったのは、美鈴の人となりと思えます。それで、逃げたあとのことを知りたいのだが。生憎と、知り合いはそこまでは見ていなかったので……」

藤十の言葉に、気持ちが落ち着いたか美鈴の顔は平静さを取り戻していた。

「あの男たちの一人が殺されたのですか、一刀の下に……」

美鈴の考えながら語る様子に、藤十は何かあるなと心に波打つものを感じた。

「おそらく、辻斬りだろうかと」

「いえ、辻斬りではございませんわ、藤十さん……どうも呼びづらい。藤十どの……これがよろしいですわね」

美鈴は、自分の身形《みなり》にふさわしい敬称に変えた。

「そんなことはどうでもいいが、辻斬りでないとはいったいどういうことだい？」

「辻斬りとは、むやみに人を斬り捨てることでございましょう？　ですが、あのときの者はおそらく目的があっての殺し……」

「どういうことだ、美鈴？」

きつい口調で藤十は聞いた。

今日、初めて相対したというのに兄とはいえ、いやに馴れ馴れしいと美鈴の顔が曇《くも》った。

「わたくしに訊かれても、知りませぬ」

藤十の高圧的な態度に、美鈴のほうが拗《す》ねた。

藤十としては、美鈴の頑《かたく》なになった気持ちを解してやろうとの思いやりであったのだが、どうも足力按摩のように体を解すようなわけにはいかない。

「いや、申しわけござらぬ。そこが大事なことだったので、つい声を荒げてしまいました。どういうことだか、教えていただけませんでしょうか？」

今度は、極端にも馬鹿丁寧な言葉つきとなって、これにも美鈴は首を傾げた。

「普段の、仲間たちと同じように話せばよいではないか。居丈高であったり、そんな他人行儀な言葉でなくてのう」

「はい、分かりました」

勝清の助言に、藤十は素直に頭を下げた。

藤十の口調にかまうことなく、美鈴の口がゆっくりと動きはじめた。

「あの者たちを、懲《こ》らしめてやろうというよりも、出来上がったばかりの刀を抜いて脅せば、逆に逃げるのではないかと思っていたのですが、そうではありませんでした」

ここまでは佐七に聞いた話と同じであった。

「怪我をさせてはまずいと、それで六助と逃げ出したのです。六助というのは、今年六十歳になるお供の者で……。それが、不思議なんですよねえ。逃げるほうがこんな身形の女と年寄りなのに、いい若者たちが追いつけないのですもの」

そのあたりも、佐七の話に出てきたことだ。藤十が知りたいのはその先のことであるが、うなずきながら黙って聞き入っていた。

「一目散に一町と二十間ほど走りましたか、六助がもう走れませんとその場で……」

うずくまってしまい、美鈴が六助の介抱をしながらうしろを見ると、人の追ってくる気配はまったくない。諦めたのかしらと、美鈴が思っていたところ、二十間手前で声が聞こえてきた。

「なんて言ってたか、覚えてるかい？」

美鈴が流暢《りゅうちょう》に語るところを、藤十が遮《さえぎ》って聞いた。事件の根幹とも思え、心が急いたのであった。話の腰を折られ、美鈴の不愉快そうな顔が藤十に向けられた。

「すまん、話を止めて」

「いえ、いいのです。それでわたくしは、そのとき初めて『逢麻』という言葉を聞いたのです。『――逢麻を渡せ』とかなんとか……。その直後に、一瞬呻《うめ》き声らしきものが聞こえ、それからはもの音一つ聞こえてまいりません。立ち上がれない六助を置いて、わたくし一人で近づいて行ったのですが、すでに誰もいませんでした。そして足元を見ると……」

先ほど出くわした追剝ぎの一人が、一刀の下に斬られてすでに絶命している。やがて、息を切らして休んでいた六助が近づき、驚きの顔を美鈴に向けた。

美鈴が淡々として語るのを、藤十は腕を組んで考えながら聞き入る。

「斬ったのは誰だか、見てはおりません。おそらく逃げた男たちを追ったのでありましょう。六助を番屋に走らせ報せをもたらしたあと、わたくしたちは現場をそのままにして立ち去りました」

「どうして、その場にずっといなかったんだ？」

「わたくしたちは、ご老中様の屋敷からの帰りだったのです。夜も更《ふ》け五ツの鐘が鳴って、急いでいたところでありましたし、調べでもってどこから来たのだと訊かれるのも都合悪いものでしたから、名を伏せて……」

藤十の尋問口調に、美鈴は不快の念を抱いて勝清の顔を見た。助言を頼むというような目つきであった。

「あの夜は、でき上がった刀を目利きしようとわしが美鈴を呼んだのだ。夕餉を一緒にとって話し込んでいたら、そんな刻になってしまった」

「左様でございましたか」

藤十は得心した顔を、美鈴に向けた。

「それで、おととい美鈴がおとずれて来おってな、事件のことをわしの耳に入れたのよ」

「単なる辻斬りでしたら、由々しきことですが、ご老中様のお耳にまでは入れませぬ。ただ、暗闇の中から聞こえてきた『逢麻』という言葉が、どうしても気になりまして、お話しした次第でございます」

「巷《ちまた》での逢麻の氾濫《はんらん》は、老中の間でも話題になったことがある。撲滅をせねばならんと思っていたところだ。先だって藤十はわしに話があると申しておったが、わしもこのことで藤十に相談しようと思っていた」

「それで、今日お呼びいただいたのですか？」

「左様。そうしたら、奇しくも藤十がその逢麻の探索をしていたとは……」

「なんとも、奇遇でござりまする」

そのとき美鈴がひと膝乗り出し、顔を勝清と藤十に振った。

「ご老中様、藤十どの……」

「どうした、美鈴？」

「その、藤十どのたちが追っております逢麻の探索に、わたくしもお加えいただけませぬか？　変な関わりで出会いました男ですが、無残に殺されました。わたくしたちが、現場にいたにもかかわらず、それが悔しゅうてなりませぬ」

藤十に不快の念をもつ美鈴は、勝清から許しを得ようと嘆願した。

「……うむ」と声を発し、勝清は考える素振りを見せた。女を危険に巻き込んではならぬとの思いがよぎる。だが、勝清は美鈴の形を見て、すぐに考えをあらためた。

「左様であるかのう。そんな現場に出くわして、それをわしに告げに来たというのは、美鈴にとっても、この事件に縁があってのことだからのう」

言って勝清は、組んでいた腕を解くと一つうなずいた。そして、向かいに座る藤十と美鈴に目を向け、決心のほどを語りはじめた。

「どうだ、藤十と美鈴。あらためて願うが、これをそなたたちで探ってはくれぬか。

藤十も先ほど、大物が絡んでいるようだと言っていた。そうともなれば、町奉行所の手にも負えんし、かといって今の段階で大目付に預けては事が過ぎよう。ここは藤十たちがうってつけだと、わしは考えた。むろん、成り行きの次第ではわしのほうからも力を貸す」

幕閣がうしろ盾についていれば、これほど心強いことはない。

「もとよりそのつもりで動いておりまする。これで、親父様に相談する手間が省《はぶ》けました。それに、美鈴に加わってもらえれば、助かります。ただ今、南町奉行所同心の碇谷喜三郎なる者と、佐七という町人、そしてわたしとの三人で動いておりまするが手が足りず。しかも、このいかりやなる同心は多忙に追われ、とても身体が落ち着かなく、この件にかかりきりになることができません。それと、疲労がかなり蓄積しているようでして……」

「言いたいことは、よく分かった。南町の碇谷喜三郎と言ったな。奉行にそれとなく言って対処しよう。さて、美鈴だが……おまえ、藤十に見せてやらぬか」

剣の腕前を、藤十に披露《ひろう》しろと勝清は言った。

「いえ、それにはおよびませぬ。佐七の話……いや、先刻話の中に出てきた知り合いというのは、この佐七という者であります。その者の話から、美鈴は相当の遣い手だったと聞いております。それと、親父様の推挙でしたら今さら見ずとも知れます」

「左様か。ならば、力を合わせてよろしく頼む。美鈴も、仲良くやってくれ」

「はっ、かしこまりました」

男言葉で、美鈴は勝清に返す。

藤十に、気分的なしこりを宿すものの、美鈴は勝清の手前、大きくうなずいて見せた。

それからしばらく藤十は、これまでの経緯を要約して語った。

「……そうか、奉行所は手を引いておったのか」

幾つかの事件のくだりで勝清の、一言呟く声があった。

ひと通り語った藤十は、美鈴と落ち合う場所などの段取りを決めて、勝清との面談は終わろうとしていた。

とりあえず、美鈴を喜三郎と佐七に引き合わせなければならない。そこで藤十は苦慮をした。美鈴との関わりをどうやって二人に説こうかと。むろん、異母兄妹であることは隠さねばならぬし、小指を立てるのははばかられる。二人が、すんなりと得心できる言い回しはないであろうかと、藤十は勝清に策を求めた。

勝清は腕を組み、差し障《さわ》りのない二人の関係を考えていた。

「何がよかろうかのう？」

「ならば、ご老中様……」

策を出したのは、美鈴であった。

「何かよい案でも浮かんだか？」

「はい、従兄妹《いとこ》の関係というのはいかがでございましょうか？」

「なるほど、従兄妹か。今さら兄妹がいるとは言えぬだろうし、これものう……」

勝清は、小指を立てて下世話な言い方をした。

「いやな、ご老中様」

美鈴は、幾分頬を染めて勝清の言い方を咎め、小娘のような純情さを示した。

藤十と美鈴は、従兄妹同士ということで口裏を合わせ、喜三郎と佐七に引き合わせることにした。

美鈴の住む剣術道場は神田紺屋町《こんやちょう》の稲荷《いなり》脇にあった。幸いにも、藤十の住む住吉町とは十町ほどでさほど離れてはいない。

ちなみに、美鈴の養父である稲葉源内《いなばげんない》を館主とする『誠真館《せいしんかん》』は、『真義夢想流《しんぎむそう》』を極意とする一刀流の流派であった。太刀筋の流れに気を通じさせる教えで、舞いでも見るような美しい剣捌《さば》きに定評のある道場であった。

少々老いてはいるが、六助をつなぎ役とすることにした。美鈴の話では、足は遅いが気転の利く男だという。

藤十に、新しい仲間が加わることになって、二人が板倉の屋敷を出たときは、日も暮れかかる暮六ツ近くとなっていた。

外濠沿いを藤十と美鈴は黙って歩いた。兄と妹として、何を語ったらいいのか分からぬまま、騎兵番所の馬場の前にさしかかった。

「このあたりでございました」

美鈴の口から出るのは、事件のことだけである。暮れなずむ通りに、事件の跡形はまったくなかった。歳末となって慌しく家路に急ぐ人たちが行き交う往来で、藤十の足は止まることがなかった。

四

一日置いた翌々日の昼過ぎ、藤十は、美鈴を喜三郎と佐七に引き合わせることにした。

場所は小舟町にある、鹿の屋の二階であった。

喜三郎と佐七は、まだ来ていない。

美鈴が藤十を見て驚いたのは、昨日板倉の屋敷で会ったときと、まるで違う身形であったからだ。藤十の座る膝元にある二本の足力杖に目をやり、美鈴が不思議そうな表情となった。

「ああこれか。この杖は商売道具だ。おとといも言っただろう、俺の商《あきな》いは踏孔師だって」

「ええ、うかがっておりますが……」

これが本当に老中の落胤《らくいん》なのだろうかと、美鈴の目は疑いを帯びるものに変わった。その変化に、藤十も気づく。

「ともかく、俺は普段はこんな恰好をしているのだ。親父様のことは、これから来る二人にも絶対にばらすのではないぞ」

「心得ております」

藤十の釘さしに、美鈴ははっきりとした口調で返した。

そこへ、どたどたと階段を上る足音が聞こえてきた。音の大きさで二人と分かる。

「入るぜ……」

外から野太い声がかかると同時に襖が開いた。通し柱に桟がぶつかり、かつんと乾いた音を鳴らす。

「遅くなりやした」

喜三郎のうしろから入ってきたのは、佐七であった。

「ちょうど、下で一緒になってな……」

言って喜三郎は、藤十の隣に座る美鈴に目を向けた。

「藤十が引き合わせたいと言ったのは、このお方か？」

男装の美鈴に、喜三郎の顔は緩みをもった。

藤十は、二人に引き合わせたい人がいるとだけ言って、美鈴のことについては詳しく話してはいなかった。驚かせようとの魂胆である。

「あっ」

驚く声を発したのは、佐七であった。

――やはり、驚きやがったな。

藤十の目論見は見事に当たった。

先日、月明かりの下で見た男装の麗人と、同じ人物である。それがどうしてここにいると、佐七は怪訝そうな顔をして見やった。佐七の、眉間に皺が一本立つ表情を見て、喜三郎も気づいたようだ。

「もしや、あんたは佐七の話に出てきた……それが、どうしてここにいるのだ？」

喜三郎も首を捻り、訝しげな顔を美鈴に向けた。

「それにしても、きましに勝るべっぴんだな」

理由《わけ》はさておき、喜三郎は心に思ったことを口に出した。

「おい、喜三郎。そんなことを女将《おかみ》に聞かれたら大ごとだぞ」

藤十が言ったと同時に、すっと襖が開いた。

「何をあたくしに聞かれたら、大ごとなんでございます？」

茶を運んできた女将のお京が、藤十に問い質《ただ》した。

「いや、なんでもない」

手を振る藤十に、笑みを浮かべながらお京の顔は美鈴に向いた。

「ようこそ、いらっしゃいませ」

三つ指をつき、美鈴にだけ向けてお京はもてなしの挨拶をした。そして「どうぞごゆっくり」と言って引き上げていく。余計なことは言わぬ女将であった。

藤十と美鈴が並んで座り、座卓を挟んで喜三郎と佐七が向かい合った。

「この方が、美鈴どの……」

「佐七の話に出てきた男装の麗人てのが、俺の従兄妹である美鈴だったと知ったときは驚いたぞ」

藤十が、従兄妹と偽《いつわ》って紹介したとき、幾分額に冷や汗が浮かんだが、これも方便と割り切ることにした。

「たまたま、俺の客でこんな身形の女《ひと》を知っていてな、その紹介できのう会ってみたら、なんと従兄妹の美鈴ではないか。俺が知っている美鈴は、もっと娘らしかった。もっとも、五年ぶりだから変わっているのも仕方がないか」

方便も過ぎると多弁になる。訊いてもいないことを藤十はぺらぺらと喋りまくった。

――よくもまあ、いろいろお話しなさる。

それを美鈴はいい加減と思いながらも聞いている。

「それでな、まさかと思ったのだが訊いてみると、佐七の話と符合するではないか。喜三郎と佐七に、直に話を聞かせようと連れてきたのだ」

「そうだったのかい。本当に、奇遇だなあ」

「世間てのは、狭《せめ》えもんですねえ。これじゃあ、悪いことはできやしやせん」

喜三郎と佐七は、藤十の話を鵜呑《うの》みにした。

「こちらが喜三郎、南町奉行所の町方同心。そして、こっちが佐七。元邯鄲師……平たく言えば、枕探しのこそ泥だった。今は、足を洗って俺たちになくてはならない仲間だ」

美鈴はきのう、二人についてはある程度のことを聞いているので、すんなりと打ち解けることができた。

「よろしくお願いいたします」

美鈴のにっこりと微笑む笑顔は、喜三郎と佐七だけに向けられた。

「こちらこそ……」

向かい合う二人は、照れる面持ちで返した。


互いに紹介をし終わったときちょうど、昼飯が運ばれてきた。

江戸湾で獲れた鮃《ひらめ》の刺身が御菜《おかず》として、座卓に載せられる。

「これのえんがわがうまいんだよな」

喜三郎が、一口箸をつけて言った。それを合図に、一斉に箸が伸びる。それをきっかけに初対面の緊張した糸は緩み、場は一気に和《なご》やかなものとなった。

「それにしても、こんなきれいなお方が藤十のお従兄妹さんだったとは……信じられねえよなあ、佐七」

「へい、まったくで……」

「それで、ご親類というのは父方ですかい、それとも母方……」

「喜三郎、いい加減にしろい。根掘り葉掘り、ここは調べ番屋じゃないんだぞ」

あまり触れられたくないところだ。藤十は、喜三郎の話を途中で制した。

「いや、すまねえ。つい、癖が出ちまって」

「それにしても、奇遇でやしたねえ。藤十さんのお従兄妹さんが、この事件に絡んでおりやしたとは。まったく、こんな近くにお従兄妹さんがいるなんて、今まで聞いたことがありやせんでしたものねえ」

佐七もしつこいと、藤十は苦々しく思った。

「自分の身内のことを、いちいち人に話してどうする。どうだっていいじゃないか、そんなこと。今回たまたまこんなことになって、引き合わせたんだ。それで、いいだろうよ」

藤十は、半ばむきになって佐七のもの言いを咎めた。

「別にいいでしょう。佐七さんが訊きたいのだから教えてさしあげても」

つっけんどんな口調で美鈴は言った。顔は様子のいい佐七に向いている。

「それにしても、美鈴どのが紺屋町の『誠真館』の娘だったとはなあ。おまけに館長の稲葉先生と藤十が親戚だったとは、これは驚きだ。十数年つきあっていても、そんなことはひと言も言わなかったからなあ、藤十は……」

さすが剣術使いであるとともに、定町廻り同心である。『誠真館』のことはよく知っていた。

「言ったって、詮《せん》のないことだろうが。もういいだろう、そんなことよりそろそろ本題に入ろうぜ。少しは進んだのか、探索は。それでどうなんだい、佐七？」

佐七には、先月殺されていた男たちの身元を洗わせていた。

「面目ありやせんが、まだ……」

佐七は、常盤橋御門界隈《かいわい》と竜閑橋付近を重点に、みはりとともに聞き込んでいたが、手がかりすらつかめなかった。周囲は日本橋の中心地で、大店《おおだな》が立ち並ぶところである。近くには金座もあるところだ。声高にして捜すことも叶わず、極秘捜査に佐七は難儀していた。

「大っぴらにできないのだから、仕方ないだろうぜ」

珍しく喜三郎は、寛大なところを見せた。

「ですが、一つだけ聞き込んだことが。それが、役に立つかどうかは……」

「言ってみなくちゃ分からねえだろ」

　喜三郎が、美鈴を前にして偉そうに言った。

「それが、どうやら二件の辻斬りは、かなり夜更けの……ええ、日も変わる夜九ツ（午前零時）ごろにあったらしいので。それとなく、界隈の番太郎に聞き出しやした」

「それは、やけに遅《おせ》え刻だなあ。町木戸はみんな閉まってるぜ」

　喜三郎は、考える素振りとなった。

「そうなると、美鈴が絡まれた刻と異なる。やはり、関わりがないのだろうか？」

　藤十も、腕を組んで考えに耽る。

「北町奉行所が手を引いて、闇に葬られたという事件でございますか？」

　美鈴には、おととい勝清の前で触りだけを話しておいた。

「ああ、そうだ。もう、事件そのものがうやむやになっているけど、逢麻に関わりがあるのではないかと。それで佐七が今、前の月に殺された男たちの身元を探っているんだ」

「そうでしたか。表ざたにできないので、佐七さんも大変ですわね」

「いやあ、それほどでも……」

　美鈴の、潤む大きな瞳に見つめられ、佐七がいつにないはにかみを見せた。

「見ろや、藤十。色男が、照れやがったぜ」

しかし、藤十は真顔のままであった。

「どうしたい、藤十？」

戯言《ざれごと》にも表情を変えぬ藤十の顔を、喜三郎はのぞき込むようして言った。

「いや、そんな夜更けに江戸の町ってのを、町人はぶらぶらと出歩けるのかい？」

武家屋敷界隈は辻番、自身番は町ごとに配置され江戸の警備を司っている。夜四ツに閉められる木戸を幾つも潜り抜けて徘徊《はいかい》することは、かなり困難ではないかというのが、藤十の言い分であった。

「抜け道は幾らでもあるだろうが、昼間歩くようなわけにはいかねえだろうなあ。番屋の誰にも見咎められず、よしんば十町歩くとすりゃあ、あっち抜けこっち抜けで時間も三倍以上はかかるんじゃねえのか。それも、そこの土地をよく知っててのことだ。藤十も町人なら、そのくれえ分かるだろうが」

定町廻り同心である喜三郎としては、あまり抜け道のことは詳しく語りたくない。

「いや、ちょっと訊いただけだ。佐七は夜が仕事だったから、どうだい、そのへんは？」

「へえ、ですからなるたけ四ツ前には仕事を済ませてしまいやす」

「名うての盗人《ぬすっと》だって、夜中は仕事をしづらいというのだ。とくに、後藤《ごとう》家が仕切る金座が近い常盤橋あたりは、もっとも警戒が厳しいのではないか？」

名うての盗人と藤十が言うのを聞いて、佐七は小鬢を掻いたが、喜三郎は何が言いたいのだといった顔で藤十を見ている。

五

向かいに座る二人の首が傾ぐ様を見ながら、さらに藤十は話をつづけた。

「常盤橋と竜閑橋では、三町と離れていない。そこでたった五日の間に、二件の殺しがあった。木戸が閉まり、人っ子一人通らないそんな真夜中にだ。しかも、遊び人風《ふ》情《ぜい》が縁もなさそうな土地柄のところに、なんで奴らはうろちょろしてたんだろうな？」

「そういうことか。うーん、分からねえ」

藤十の疑問に、喜三郎が首を横に振った。

「いかりやらしくねえな、そんなことで考えるなんて」

「藤十は分かるのか？」

「いや、分かりはしないが、おそらくと前置きをつければ言える」

そうは言いながらも藤十の頭の中では、まだ考えがまとまっていない。喜三郎を見くびれる立場ではなかった。

「どんな考えだ？」

「そんなに、せっつくな」

「なんでい、おめえだって分かってねえじゃねえか。他人《ひと》のことは……」

「いや、こういうことだと思う。そこで逢麻の取り引きをしようとしていたのじゃないかと」

藤十は、喜三郎を見下した手前なんらかの考えを導き出さねばならない。挙句《あげく》に出た言葉は、事件の根幹であった。

「ずいぶんと、真っ向からきやがったな」

「だから、先におそらくと断っただろう。しかし、辻斬りでないのはたしかだ。殺したほうと殺されたほうが顔見知りだったとは言える……おそらくな」

「なんでい、やっぱりおそらくかい」

藤十と喜三郎のやり取りがしばらくつづく。傍らでは、佐七と美鈴が黙ってその様を見やっていた。

「これがはっきりすれば……」

見通しが立つのだがと、藤十が言おうとしたところで美鈴の目が大きく見開いた。

「あのう、よろしいでしょうか？」

「おお、美鈴どの。よろしいなどと遠慮なさらず、どんどんご意見をお聞かせくだされ」

普段にない口調で、喜三郎は言った。

「宵五ツと、日づけが変わる真夜中の九ツでは刻がいささか異なりますが、わたくしは藤十どのが思っているとおり、逢麻に関わる者たちと思いまする。藤十どのにはおとといお話ししましたが……」

美鈴はここでひとしきり、騎兵番所の前で起きたことを語った。藤十は、二度聞くことになる。

「……あるお武家屋敷を訪れました帰りに、そんな事件に遭遇したのでございます」

語り終えて、美鈴の言葉は止まった。

「あるお武家屋敷とは？」

町方同心の面持ちとなって、喜三郎が訊いた。

「そんなことは、関わりないだろう。本題からずれているぞ」

藤十が話を引き戻す。

「そうだったな、すまぬ美鈴どの。余計な詮索であった」

喜三郎の謝罪に、安堵したのは藤十であった。

「ちょっと待ってください」

そこに口を出したのは、佐七であった。

「今、美鈴さんが言いましたが『――逢麻を渡せ』って、聞こえたのですよね」

「ええ……」

「それがどうした、佐七……あっ」

口に出したと同時に、藤十の閃《ひらめ》きがあった。

「そうか、佐七。気がつかなかった俺は馬鹿だ。逢麻を欲しがってたのは、殺されたほうではなくて、殺したほうだったのだな。そう言いたいのだろう、佐七？」

「へえ、多分……」

すると藤十は、懐の中から麻の袋を取り出した。中には例のものが三つ入っている。手をつっ込むとその一つ、赤銅色した羅宇の煙管を取り出した。

「この雁首に草を詰めたかったのだろう。まったくなあ……」

憤慨している、藤十の口ぶりであった。

「それは？」

美鈴ははじめて目にするものである。

「美鈴を脅した、三次郎という男がもってたものだ。ほかにも……」

三次郎の遺留品である財布と匕首を、座卓の上に置いた。

「それで、この財布はな……」

藤十は、足利屋仙左衛門との経緯を語った。

「まあ、なんと奇遇な……」

「本当に、この事件はいろいろなことが符合する。もっとも、だからこそ俺たちが首をつっ込んだともいえる。馴染《なじ》みのお客から、酷いこりで悩んでいるというお武家さんを紹介されたことからの結びつきだから、世間は狭い」

藤十の語りにうなずいて、美鈴の小さな口が動いた。

「こんな縁ともなれば、先ほど藤十どのが申されました『――殺したほうと殺されたほうが顔見知りだと言える』とは、やはり真夜中に起きたことも逢麻に関わってのことでございましょう。これではっきりと得心しました」

「……真夜中？」

藤十は、あることに思いが至ってふと呟いた。

「なんでい、真夜中って？」

喜三郎にも呟く声が届いた。

「いや、ちょっと思いあたる節《ふし》があってな。だが、まだなんとも言えないので……」

なんの根拠もないとして、藤十は語らずにおいた。だが、肚の内では考えていた。

——あした、呼ばれているのだ。

御蔵前片町にある札差『足利屋』の店構えを思い浮かべていた。

すべての事件の根幹は、麻から作られた『逢麻』であると、結びつけて四人は動くことにした。


「そういえば、藤十……」

「どうした、いかりや？」

「今朝方、与力の梶原様に呼ばれてな、そっと小声で指示が出された。『——表向きはな、奉行所は手を引くことにしたが、碇谷、おめえだけは内密に捜査をつづけてくれ』とな。捜査というのは、三次郎殺しのことだ。ああ、その間はほかのことには手を出さなくてもいいとまで言われた」

喜三郎の話を聞いていて、藤十と美鈴はそっと顔を見合わせた。両者の父親である老中板倉勝清の手配がおよんだと知れたからだ。むろん、二人の肚の奥深くにしまわれていることである。

「そうかい、だったら思う存分腕が振るえるなあ。ありがてえこった」

藤十が、喜びをあらわにして言った。

「しかし、そうはいってもなあ……」

表立っては動けない制約がある。ここまできても、喜三郎はどこから捜査の手をつけていいのか分からずにいた。

「ぶらぶらもできねえし」

闇雲に動いても仕方がない。かといって、手を拱《こまね》いていることもできずと、喜三郎はきっかけを模索した。

「それは、みんな同じだ。ならば、落ち着いてゆっくりかまえようではないか。とりあえずは俺が、きっかけをつかんでくる」

「なんだ、藤十には心あたりがあるのか？」

「だからまだ、はっきりしたことは分からないので今は勘弁してくれとしか言えない。だが、俺の勘では……」

「そうか、ならばここは藤十の勘を頼るほかねえか」

喜三郎は、藤十からの報せを待ち望むことにした。

「それでだ、あさっての今ごろまたここに集まってくれないか？　そのときにはいくらかは話ができると思う。ただし、あまりあてにはしないでくれ」

藤十にとってもきっかけをつかむのは、絡みついた釣り糸を解す、先っぽに出た糸のような、ほんの僅《わず》かなとっかかりに過ぎなかった。

「明日あっしは、植松の仕事がありますんで……」

「そうかい。あさってはだいじょうぶだな？」

「へい。仕事があっても、こちらに来まさあ」

佐七とは折り合いがついた。

「美鈴はどうだい？」

「わたくしも明日は、父の代わりに門弟に稽古をつけなくてはなりません。ですが、あさってならば来られます」

美鈴の剣の腕は、誠真館の師範代にも成りうるほどのものであった。門弟に稽古をつけるというくだりを聞いて三人は、なぜに美鈴が男の恰好をしているのか、分かる気がした。

「そうかい、すまないねえ」

これで美鈴も都合がついたと、藤十は美鈴に向けて頭を下げた。

「どういたしまして」

美鈴の、他人行儀な返事に藤十は苦笑いした。

「なんでい、閑《ひま》なのは俺だけか」

この事件の専属になったということで、かえって喜三郎は急に閑になった。

「だったら、定町廻りらしく町中をぶらぶらしていたらいいじゃないか」

「まあ、そうするか」

四人の、明後日の寄り合いが決まったところで藤十の顔がようやく和んだ。

「そうとなったら今日はもう半ちくだ。これから一杯やるかい？」

美鈴との近づきを兼ねて、その日は鹿の屋での酒盛りとなった。

六

翌朝早く佐七は、頭を自らの指で圧して二日酔いの不快さを取り除いた。

酒の残りはここを指で圧せばよいと藤十から教わり、佐七は頭のてっぺんにある百会、耳の裏側にある完骨《かんこつ》、首のうしろにある天柱、風池などの経孔を圧した。二日酔いでなくても、頭痛のときなどはここを圧すといいとも聞いている。

「……だいぶ楽になった」

首をぐるぐると三度ほど回し、佐七は立ち上がるとそのまま印半纏を羽織った。夜はかなり冷え込むと、植木職人の仕事着をそのまま着て夜着を纏《まと》い、佐七は寒さを凌《しの》いでいた。

「さてと、みはり行くぞ」

朝めしは植松のところで馳走してくれる。ざぶざぶと、井戸の冷たい水で顔と口をゆすぎ、佐七はようやく目が覚めた思いとなった。

「はいこれ、佐七さん」

うしろから手ぬぐいを差し出し、声をかけたのはお律であった。

「ありがとうよ、お律ちゃん」

手ぬぐいを返しながら礼を言う佐七の笑みに、お律は一足先に春が来たような心持ちとなった。

「佐七さん、きょうは植木のお仕事？　だったら、この手ぬぐいをもっていきなさいね」

「ああすまねえ、ありがたくいただいとくわ。現場は本石町の『万富《まんとみ》』という大店だ。もっとも、何を商ってるのか、俺は知らないけどな」

佐七は、手ぬぐいを仕事着に縫いつけてある袋にしまいながら言った。

「そうなの、あたしも聞いたことがないけど。まあいいわ、ならばこれ……」

言ってお律は風呂敷の包みを佐七に渡した。中にはお律特製の弁当が入っている。

どこで仕事をしようが、佐七が喜んでくれればお律はそれでいい。

「いつも、すまないなあ」

佐七が植木職につくときは、ときどきお律は昼食の用意をしてあげていた。

「みはりの分も入っているから」

この日はみはりも連れていくことにしている。植木は剪定《せんてい》できないものの、野良猫を追い払うのに、みはりは役に立つ。

「ありがとう、お律ちゃん。それじゃ、行ってくらあ」

お律の見送りを背中で受けて、佐七は左兵衛長屋をあとにした。みはりが佐七のうしろをとことことついていく。

万富の屋敷は、庭だけで五百坪はゆうにある。侘《わ》び寂《さ》びの趣向を凝《こ》らした、風流な趣があり、植わる樹木も手入れが行き届いている。

佐七のきょうの仕事は、庭の半分ほどに植えられている竹が、増えないようにと、伐採することであった。佐七のほかにもう一人、音次《おとじ》という職人が入り、二日にかかる四人工《よにんく》の見積りで植松が請け負った仕事である。

正午の鐘が鳴り、佐七と音次、そしてみはりの二人と一匹は、暖かい日向《ひなた》に座っての昼めしとなった。

お律から差し入れられた弁当の経木《きょうぎ》を開くと、形のいいにぎりめしが四個入っている。麦が二割ほど入った飯であったが、塩加減でちょうどよく味が調えてあり、佐七はお律のにぎりを好んで食している。

にぎりの一個は、削り節のかすを混ぜてあり、それがみはりの分だと佐七には知れた。

「ほれ、これはみはりが食え」

言って佐七は、みはりの鼻先ににぎりを一個置いた。

「犬にくれるにしては、ずいぶんと豪勢な昼めしじゃねえかい。おめえ、かみさんがいねえってのに……ああそうか、これかい」

音次は、小指を立てて佐七を茶化した。四、五歳上の音次もまだ独り身である。

「おめえはもてるだろうからなあ。その点俺なんざ……」

面相にかなりの差があり、佐七の男前を羨むような言い方をした。

「そんなんじゃねえですよ。それより兄《あに》い……」

佐七は、話をはぐらかすように、話題を変えた。兄いと立てて、もち上げる。

「なんでい？」

「兄いは『逢麻』って知っておりやすかい？」

「おうま……なんでいそりゃ？」

「煎じて吸うと気持ちのよくなるって……」

「ああ、あの逢麻か。あれはよしたほうがいい。なんだおめえ、そんなものを吸いてえのか？」

「いや、そんなわけじゃありやせんが、あっしも人から聞いてどんなもんかと。けっこう流行《はや》ってるみてえで」

佐七は、逢麻が巷《ちまた》でどのくらい蔓延しているのかを、音次にたしかめてみた。長年の職人暮らしだけあって世情に詳しいはずだ。

「いや、そんなにいうほど流行っちゃいねえぞ。まあ、逢麻の名ぐれえは知ってるだろうが、あんなもんに手を出してる奴はそんなにいねえはずだ。だいいち、目が飛び出るほど高《たけ》えらしいし、一度やみつきになったら止められなくなるって話じゃねえか。それで、人間やめますかとなっちゃかなわねえや」

やはり、音次は逢麻を知っていた。

「そんなのに手を出してる奴を、兄いは知ってやすかい？」

「いや……」

それに手を出している者については、誰も知らないと言った。

「なんで、そんなことを訊く？」

「いえね、きのう居酒屋で呑んでて、そんな話が出たもんですからどんなもんかと、世間に詳しい音次さんなら知ってると思い、訊いてみようかと……」

ここでも佐七は話をはぐらかした。

「そうかい。まあ、そんなもの気にしねえほうがいいぞ」

「へい、分かりやした」

「さてと……」

四半刻ほど休みをとって、音次の腰が上がった。佐七もそれに合わせて、立ち上がる。

「仕事にかかるかい。きょうはこのあと五十本は切らねえといけねえからな」

「へい……」

五十本と聞いて、佐七はうんざりとなった。つくづく力仕事には向かないと、自分でも思っている。

伐採しながら、徐々に竹林の奥まで入っていく。やがて、竹林が途切れると、そこは背丈ほどの高さで、矢来のような柵が張り巡らされていた。

その先は仕事の範疇《はんちゅう》ではない、佐七はほっとひと息ついた。

「竹林はここまでだ。でえぶ切ったな、そろそろ上がりとするか」

夕刻も迫ってきている。

柵から十間ほど奥に平屋の建物が見える。風流を凝らした茶室庵であった。藁葺《わらぶ》きの屋根を赤い夕日が照らしている。

「ずいぶんと粋《いき》な造りだなあ。お大尽《だいじん》というのはやはり、てえしたもんだ」

――雑多な江戸の市中に、こんな落ち着いたところがあったとは……。

佐七は、こんな奥まったところに茶室があるとは思わなかった。母屋のほうから見ると、竹林に遮られ、その姿は隠れていた。そして、佐七が不思議に思ったのは、そこに通じる小径《こみち》がなかったことだ。茶室に行くには、竹林の中をかき分けて行かねばならないようだ。それが粋ってものなのか。

「しかし粋ってのは、あっしらには分からねえもんですねえ」

言って佐七の首が幾分傾いだ。

夕七ツの鐘がなってからしばらく経っている。かなりあたりは暗くなってきている。とくに竹林の中ほどは、夕闇が訪れたかのように暗くなっていた。

「今日の仕事はこれまでだ。手がつけられねえから、あしただな」

切り取った竹の処分をせねばならない。葉を落とした竹はそれでまたけっこうな価になる。その処分をあしたやろうと、音次は言った。あしたは藤十との約束がある。これはまずいと思ったが、約束のほうが佐七にとって大事である。

「すいやせん、あしたはちょっと来られねえんで」

恐縮した様子で、佐七は頭を下げた。

「なんでい、しょうがねえな。あてが狂っちまうじゃねえかい。それにしてもおめえは休みが多いなあ」

「へい、すいやせん」

佐七は謝るより術《すべ》がない。

「どうして、植松の親方は何も言わねえんだろうな?」

音次が不思議がるのも無理はない。植松の親方も、藤十たちの悪党狩りに理解を示し、佐七を表の顔として雇っているのである。ことが起きたら、そちらを先んずるのは、もとよりの決めごとであった。

「いや、のっぴきならねえことがありやして。兄い、すまねえこのとおりだ」

むろん、音次たち職人にはそのことは伏せてある。佐七は、大明神にもの頼みをするように、二拝二拍手一拝の儀礼で拝した。

「そう頼まれちゃ仕方ねえ、誰か替わりをみつけてくらあ。その代わり、あさってやる仕事を残しておくからな、おめえ一人で片づけるんだぜ」

「本当に、助かりやす」

「分かったから、もういいって。それじゃ、片づけるとするか」

仕事道具をあらかた片づけたときは、西の空は茜色から群青《ぐんじょう》色に変わっていた。

「みはり、行くぞ」

と声をかけたが、みはりの姿は見えない。先ほど、野良猫を一匹見つけたが、それでも追って行ったのだろうと佐七は思っていた。だが、しばらく待ってもみはりは戻ってこない。

夕日がその姿を隠そうとしている。間もなく暮六ツの鐘が聞こえてくるころであった。寒さも次第に増してきている。

「兄い、すいやせん。どうぞ先に引き上げておくんなさい」

佐七が連れてきた犬を、こんな寒空の下で待っている義理はない。

「そうかい、それじゃ先に帰るぜ。家人への挨拶をしといてくれな」

「へい、分かりやした」

音次が、裏木戸から出て間もなくのことであった。みはりが竹林の中から姿を現す。

「なんでい、おめえ、どこに行ってた？」

叱るものの、佐七の声には安堵がこもるのであった。いつもなら「わん」と一吠えして、返事をするみはりだが、このときはそれもなかった。いや、ないというよりみはりは口に何かを咥《くわ》え鳴けないでいた。

「おや、何を咥えてるんだ？　よこしてみろ」

佐七は、みはりの口から『それ』を取り上げた。

「ん？　まさか……」

今朝ほどお律からもらった手ぬぐいに挟み、そっと仕事着に縫いつけた袋にしまい込んだ。

七

ときは遡り、今朝方へと戻る。

佐七が本石町の『万富』に仕事に出てから、半刻ほどあとに藤十は目覚めた。二日酔いで頭の中が、がんがんと鳴り響く。

上半身だけを寝床から起こし、藤十は自らの頭の経孔を指で圧した。

「きょうは、いつもより強く圧さないと駄目だな、これは……」

深酒し過ぎたと後悔するのは、いつものことである。だが、昨夜は美鈴もいたことにより、普段より度を増していた。

「ああ、すっきりした」

ひととおり自らに療治を施すと、藤十は立ち上がった。やはり寝床は寒かったので、普段着のまま藤十も寝ている。

「……温めてくれる女《ひと》がいないと、駄目だなこれは」

藤十は独りごちた。

三年半ほど前のこと、長年つれ添っていた女房のお里《さと》が押し込み強盗の手にかかり命を落とした。間もなく生まれる子を腹に宿してのことであった。

——俺みたいな思いは誰にもさせたくない。

義憤が、藤十を悪党狩りに駆り立てたのである。ちなみに、藤十が仕事着として着る黄色の濃い櫨染《はじぞめ》色は、お里の好む色であった。

そんな藤十でも、寒い夜はそれも忘れがちになる。

「さてと、出かけるとするかい」

今朝は、御蔵前片町にある札差の『足利屋』に、仙左衛門の女房であるお常《つね》の療治で呼ばれている。

藤十にとっては、血の道の不順を治すというお常の療治はどうでもよかった。それよりも、一度断ってしまったあの偉そうな旗本の山脇十四五郎をあらためて紹介してもらいたいと、頼み込むことにある。

きのう美鈴が言っていた『真夜中』という言葉から、山脇を想像した。夜に眠れないたちとみえ、ふらつく姿が藤十の目に焼きついている。

——夜中にふらついているのか？

寝不足になるとこりが酷くなる。だが、足利屋の店先で、二度でくわした痩せぎすの顔に、藤十は単なる不眠症ではない何かを感じていた。

吊りあがった神経質そうな目を、藤十は思い出す。大層立派な身形で、身分の高さを感じさせる侍であったが、人を人と思わぬ冷たさが感じられた。

足力杖を二本担ぎ、藤十は外へと出た。

井戸端で顔と口の中を洗ってから、そのまま浅草のほうへ足を向けようとしていた。

「うーっ、つめてえ」

ざぶざぶと、おざなりに二回ほど水で顔を洗ったところであった。

「藤十さん、おはよう……」

背中で声を発したのはお律であった。

「ああ、おはよう。お律ちゃん、すまないが手ぬぐいはないか？」

藤十は濡れた顔をお律に向けた。

「ごめん、もってないの」

「これを使いな」

お律の代わりに、手ぬぐいを出したのは、来年六十五歳になる腰の曲がったおとき婆さんであった。

「すまねえな、おとき婆さん……」

独り住まいが侘《わび》しくなる藤十であった。

道の途中で朝餉《あさげ》を済ませ、御蔵前の足利屋に着いたのは四ツの鐘が鳴る少し前であった。

この日は寸刻も待たされず、すんなりと奥に通された。

「お常、踏孔師の藤十さんがお見えになったぞ」

主の仙左衛門が、障子の外から女房のお常に声を投げた。

「どうぞ、お入りになってくださいまし」

障子を開けると、お常は蒲団に伏せったままであった。首を回し、顔だけは二人に向けている。

仙左衛門のうしろについて、藤十が部屋に入った瞬間、以前別の部屋で感じたのと同じ感覚が藤十の五感の一つに甦《よみがえ》った。前は至極微妙な感覚であってそれは単なる違和感であったと思ったものが、今はわずかながらも嗅覚でとらえることができた。

——臭いであったか。

それは、香の匂いとか体臭とかではなく今まで嗅いだことのない、甘ったるく饐《す》えたような臭いであった。人の嗅覚では、いやな臭いの部類に入る。しかし、あまりにも微妙だったので、藤十はすぐに慣れ、臭気を感じたのは部屋に入ったときの、その一瞬だけであった。

「お邪魔します。わたくし、踏孔師の藤十と申します。どうぞ、お見知りおきを」

臭いのことはおくびにも出さず、藤十は蒲団の脇に座り、初対面の挨拶をした。

「ごめんなさいまし。きょうはとくに体の具合が悪くて……」

起きられないと、か細い声でお常は言った。

「いや、そのままそのまま。わたくしを呼ぶお方で、具合のよい方など一人もおりませんから」

藤十は、お常の気持ちを解きほぐそうと戯言を言った。だが、心では別のことを考えていた。つい先日仙左衛門は、家内は留守だと言っていた。しかし、お常の様子からすると、長患《ながわずら》いだと藤十には思え、ふと心に疑問を残した。

顔だけ見るとかなりやせ細り、見るからに病魔に冒《おか》されているのがうかがえる。目は窪《くぼ》み、隈《くま》が両目の周りを縁《ふち》取るように、黒い輪を作っていた。

蒲団を被り体の様子は見えないまでも、とても踏孔療治に耐えるほどの体力はなさそうである。そうなると、背中も手の指で圧すことになろう。

「どちらかお痛みのところはございますか？」

藤十は、どこに痛みをもつかで、ある程度は病の元を知ることができた。それに基《もと》づき、圧す経孔を定めることにしている。

「痛くはないのですが、この数日眠れずに困っております」

「……眠れない」

ここでも藤十は不眠という言葉を聞いた。

「数日とは、何日前？」

「そう、三日ほど前ですか……」

「朝昼晩、一睡もできないのですか？」

「はい。うつらうつらするのですが、すぐに目が覚めてしまうのです。そうなると……」

お常は、考える仕草をして言葉を止めた。窪んだ目が天井を向いている。

突然であった。

「くっ、苦しい……」

お常が、悶《もだ》え苦しみだしたのである。窪んだ目は見開くものの、瞳に光が失せている。澱《よど》んだ目であった。口からは泡を噴き、やがてそれは涎となって蒲団にこぼれ落ちた。首を自分の手で絞め、苦しみから逃れようと左右に揺さぶる。断末魔の様相を呈《てい》していた。

「これはいけない」

藤十は、お常が自らの首を絞めている手だけでも、無理やり外した。

お常が苦しんだのは、さほど長い間ではなかった。そう、煙草を三服ほど吹かしたほどの間であろうか。荒い息をしているものの、苦痛からは解放され幾分の落ち着きを取り戻したようだ。それでも、目は虚《うつ》ろに空《くう》を向いている。

そのときの、仙左衛門の目は見開き、驚嘆の様相を示していた。

「こんなことは、初めてだ……」

「初めてと申しますと？」

藤十の顔は、お常から仙左衛門に向いた。

「女房の……」

言葉にならないのか、藤十の耳にようやく届くような声音であった。

「しっかりしてくださいまし。旦那様までうろたえては……」

「すまぬ、藤十さん。女房の、こんなざまを見たのは初めてでしたので」

かすれ声だが、聞き取ることができる。

そのとき「う、うーっ」とお常の口から、呻き声が漏れて藤十と仙左衛門の顔が同時に向いた。それからしばらく様子を見ていたが、お常が再び苦しみ出すことはなかった。

「大丈夫ですか？」

大丈夫でないのは、見ただけでもあきらかである。藤十はおざなりな言葉をお常に投げた。しかし、お常からの返事はない。聞こえているのかどうか、目は虚空を見つめているだけである。

藤十にとっても、今までに聞いたこともない、ましてや見たこともない患者の症状であった。

「……こいつは、なんとも」

気の煩《わずら》いでもなく、体の病でもなさそうだ。どう療治を施していいかと、戸惑いを見せた。

藤十はしばらくの間、腕を組んで思案に耽《ふけ》った。

「とりあえずは、眠らせてあげないといけないな」

目を見開いて、ときどき苦しげな呻き声を漏らすお常の目を閉じさせてあげるのが先決だと、藤十は口に出して言った。その間も、亭主の仙左衛門は心配顔を女房のお常に向けている。

「旦那様、ちょっと手を貸していただけませんか？」

「はぁ……」

掛け蒲団をめくり体を反転させてうつ伏せにするも、お常は、いやがることも苦しがることもなかった。

軽い体であった。

「こんなに、痩せ細って……」

苦渋の声が仙左衛門の口から漏れた。

藤十は、仙左衛門に訊きたいことがあったが、それはあとまわしにして、すぐに療治に取りかかる。

気持ちに安らぎを与えるため、まずは首のうしろにある天柱という経孔から圧しはじめた。しばらくは、首から肩までのこりを解し、そして背中にある膈兪、肝兪、腎兪に刺激を与える。

「……かなり強く圧さなくては、効き目がなさそうだな」

お常の、体のこりは相当根深いものだった。こりの深さは、寝不足の特徴でもある。

藤十は、背中に乗って踏孔療治を施したかったが、あまりの華奢《きやしや》な体に無理ととり、手の指圧に頼ることにした。足の力ほどは効かないものの、藤十は渾身の力を込めて指先を圧しつけた。

「ふーむ」

やがて、お常の口からは呻き声はなくなり、心地よさそうな吐息が漏れはじめた。

「だいぶ楽になったようだ」

季節は冬であったが、藤十の額には汗が噴き出ている。袖で流れる汗を拭き取りながら、藤十は言った。

「気持ちよくなったみたいですね、藤十さん」

「ええ、どうやら。ですが、不眠を治すのはこれからです。今までは、気持ちを安らげるためのものでしたから。さてと、今度は仰向けにさせていただけますか」

仙左衛門の力を借りて、お常を仰向けにさせる。

「うっ、重い」

裏返す際、藤十はお常の体に重さを感じた。仙左衛門が力を抜いているわけではない。

「なにやら、先ほどより重くなったようですね」

藤十に訊ねたことからも、仙左衛門は力を発揮していたことがわかる。

「ええ、おそらく体から張りを取り除き、すべてをこちらに預けたからでありましょう。ご安心しきっているからです」

いい兆候だと藤十は思い、今まで浮かべていたしかめ面を、柔和《にゅうわ》なものに戻した。藤十の様相を見て、仙左衛門も安堵の表情となった。

しかし藤十が柔和な顔を見せたのは一瞬であった。仰向けにされたお常の顔を見て、安堵の気持ちはくつがえされる。

「うわっ、これは……？」

まだ、四十歳前だと聞いていたお常の顔は、かなり皺が増え、瞬時にして老婆の面相へと変貌《へんぼう》している。うつ伏せになって藤十の療治を受けている間にも、病魔はお常の体を蝕んでいたのである。

お常の急激な変貌に、仙左衛門の安堵もつかの間のものとなった。

「藤十さん、これはいったいどういうことで？」

「はて……？」

藤十にだって分からない。これまではただ、気持ちを安らげる療治を施しただけである。本番はこれからだというときに——。

血の道の不順を治すためだと聞いていた療治が、思わぬ展開になってきた。お常の萎《しお》れた目は、眠りにつくことができず、まだ開いている。何を見つめているのかは分からない、澱んだ目であった。

藤十の心に、ふと不安がさした。

療治が間違ってはいないか――。

「……いや」

それでもここは、すんなりと眠らせてやるのが一番肝要と、藤十は肚をすえることにした。

「とりあえず、お内儀を眠らせてやりましょう」

手を拱いているだけではまずいと、藤十は仙左衛門に声をかけた。

「藤十さんに、おまかせします」

藤十は小さくうなずくと、お常が着ている寝巻きの上から、ゆっくりと鳩尾《みぞおち》に指をそえた。数度軽く圧してから、すぐその下にある巨闕《こけつ》という胃の腑にあたる経孔に指をあてた。そして一圧ししたそのとき、お常の口から「げふっ」と一つ、噯気《あいき》が漏れた。

「おや、これは……?」

部屋に入ったときに感じたのと、同じ臭いがお常の胃の腑から吐き出された。

お常から吐き出された噯気を、藤十はいやでも鼻に吸い込み首を大きく傾げた。

――まさか？

と思うものを頭の隅に置いて、さらに藤十は指圧をつづけた。

藤十の指圧は、下腹部の経孔まで至り、そして最初の経孔である巨闕に戻って、同じ個所を繰り返す。三度目に入ったところであった。

お常の口が小さく開いた。

「……草」

藤十にはとても聞き取れないほどの、小さな声音であった。そして、お常の目は静かに閉じた。やがて軽い寝息も聞こえてくる。

「ようやく眠りにつきましたようですな」

「ああ……」

ため息のような返事を漏らすと、仙左衛門の肩はがくりと落ちた。

八

三日ほど前から眠れなくなり、そして藤十の目の前でお常の容態が急変した。不眠も血の道の不順からではないかと思っていたのが、あきらかに別の原因だといえる。

藤十の脳裏に浮かぶことがあった。

「旦那様……」

藤十は思い切って仙左衛門にぶつけようとしたが、やにわに言葉を止めた。もしかしたら、仙左衛門自身も関わりがあると、懸念《けねん》されることでもあった。ここに藤十は危惧《きぐ》を感じた。

語ったところで、仙左衛門がどういう態度を示すか。

先日、仙左衛門と逢麻の話をしたとき、それに関わりのある素振りは微塵《みじん》もなかった。むしろ、草と言い出したのは仙左衛門のほうからである。

ほんの、数日前のことであった。あのときは『草』という言葉に含む意味も知らぬようだったし、『――そんなものが、この世にあるのですか?』と、逢麻の話のくだりではこんな言葉も出たが、とても惚《とぼ》けているようには見えなかった。

藤十は、仙左衛門の態度に賭けてみた。

——どう出るかだ。

眠りに入ったお常を横目で見て、藤十は居ずまいを正した。気構えてから、仙左衛門を見据える。

「旦那様……」

しかしここではまだ、藤十に躊躇《ちゅうちょ》があった。賭けに負け、相手に手の内を見せたら最後、巨悪が襲ってくる。

「いかがしましたかな、藤十さん。先ほどから、旦那様って一度言えば聞こえますが……」

「旦那様……」

三度目を言ったときに、藤十の心は決まった。

たとえ裏目であっても、悪党を引っ張り出すことができる。

「先日、逢麻の話をいたしましたね」

「はい、あの怖ろしい麻で作られた……」

「こんなことを申すのはなんですが、お内儀はその逢麻というのをやっていたのではないかと……」

藤十は根幹から切り出した。

「なんですって？」

仙左衛門の驚く表情からは、偽りは感じられなかった。もし、それでも惚けていたとしたら、相当な役者であると藤十は思った。

さらに仙左衛門の心の内をたしかめる。

「旦那様はごぞんじなかったのですか？」

「滅相もない。手前は一切ぞんぜぬことで……それにしても、なぜに妻が逢麻をやっていたと？」

本当は、逢麻のことはまださほどよく知らないが、藤十はここで鎌をかけた。

「お内儀の、この症状と口から吐かれた臭いです。麻を煎じて逢麻を作るとき変な臭いが生じると聞いてます。むろん俺、いやわたしはそんな製法は知りませんが、それと思える臭いはこの部屋でも感じましたし、お内儀の吐いた噯気からも嗅ぎ取ることができました。おそらく、逢麻の臭いでございましょう」

「………」

まさか、信じられないといった驚嘆の目を仙左衛門が向けている。

「手前は、臭いはまったく感じませんでしたが」

仙左衛門は、否定したい気持ちをようやく口に出した。

「ええ、わたしも一瞬感じただけです。すぐに慣れてしまい、臭いはすぐに消え去りましたが、たしかに……。それと、先ほど急に苦しみ出したあの症状でしょうな。これも人から聞き出したことですが、逢麻を吸うと気が高ぶり眠気が覚めるそうです。それがこうじて、不眠症に陥《おちい》ったものと」

「知らなかった……まさかお常がそんなことをやっているとは。本当です藤十さん、手前は一切ぞんぜぬことです。どうか、どうか妻を……」

助けてくださいと畳に顔を伏せ、泣きついてまで嘆願する仙左衛門の姿に、嘘偽りはないと藤十は取った。

「実は……」

藤十は、お常の容態と、ふらついていた山脇十四五郎の様子が似かよっていることを、仙左衛門に説いた。

その上で、さらに確信をつく。

「もしかしたら山脇という旗本も、逢麻に絡んでいるかもしれません」

「山脇様が……」

唖然とした仙左衛門の顔が、藤十に向いた。

「よろしければ、山脇十四五郎というお武家のことを詳しく聞かせてください」

「分かりました。なんでもお話しいたします」

覚悟を決めたような、仙左衛門の口調であった。

それから四半刻ほどかけて仙左衛門から、藤十は山脇十四五郎のことについて聞きだすことができた。

あとは、仙左衛門がつなぎをつけ、踏孔療治を施す口実で山脇十四五郎の屋敷に踏み込む段取りであった。万端うまくつなぎをつけると、仙左衛門は唇を嚙みしめるように言った。


その夜、藤十は佐七の目の前で、風呂敷に包んだものを広げて見せた。

「なんですかい、これは？」

佐七の、訝しげな目が藤十に向いた。

「あるところのお内儀が使っていたものだ」

佐七は炬燵の上に広げられた煙管と、灸《きゆう》で使う艾《もぐさ》のような塊を見やった。

「これって、もしかして……」

佐七も、逢麻の現物というのを見たことがない。

「ああ、これが逢麻と言われるものらしい。間違えても、こんなもんを吸うんじゃないぞ」

「分かってますって」

「それで、今日な……」

名前は伏せて、藤十は足利屋の内儀お常のことを語った。

「そりゃ、逢麻が切れたときの症状ってのは酷いもんだったぜ。俺もはじめて見たぜ、あんなの」

「左様ですかい。おっかねえもんですねえ、それにしても……」

じっと『草』を見つめて、佐七の眉間が寄った。

「そうだ、藤十さん」

今度は佐七の番である。懐から手ぬぐいを取りだすと、二折りをそっと開いた。

「なんだいそれは？」

畳まれた手ぬぐいの中には、細長い竹の葉のような葉っぱが挟まれていた。江戸育ちの二人は植物のことには疎《うと》い。

「竹の葉じゃねえのか？」

首を傾げながら、藤十が訊いた。

「いや、違うな。竹の葉は、もっとごわごわしてるだろうしなあ」

生まれてはじめて目にする葉っぱの形に、藤十は自らの答を否定した。

「いえね、これは万富というお屋敷の庭に……というより、どこだかあっしには分からねえんですが、みはりが咥えてきやしてね」

「みはりがか？」

藤十の顔が、三和土で寝そべっているみはりに向いた。その気配を感じたか、みはりが頭をもち上げると、上がり框にその首が浮かんだ。「わん」とひと吠えして、座敷に上がる。

「おいみはり、上がってくるんじゃない」

みはりに、畳に上ることは禁じている。犬を飼う際の、大家との約束であった。こんな汚い長屋で、そんな取り決めはどうかと思うものの、約束は約束である。みはりは、その取り決めを破って、炬燵へと近づいてきた。

「向こうに行ってろ、みはり」

それでも、佐七の言うことを聞かない。こんなみはりを見たのは、飼いはじめてから初めてのことであった。

「まったくしょうがねえ犬だなあ、あっちへ……」

「いや佐七、止めるんじゃゃねえ。みはりを見てみろ」

すでにみはりは炬燵の縁にまで来ている。佐七も黙り、みはりのしたいようにさせた。

みはりが炬燵に顎を載せて、鼻をむずむずさせている。

「何やってんだ？　みはり……」

問う佐七には目もくれず、みはりはとうとう炬燵の上に乗って、首を左右に振っている。その様子を藤十と佐七は黙って見やっていた。

みはりは藤十のもってきた『草』と、自らが咥えてきた『草』を交互に嗅ぐと佐七に向けて「わん」と吠え、藤十に向けても「わん」と吠えて炬燵から下りた。そして、何ごともなかったように、三和土へと下りいつものように土間に横たわった。

「これが麻の葉っぱなのか。初めて見た」

藤十には、みはりの言いたいことが分かった。そして、両方に鼻をあてるも、とても嗅ぎ分けられるものではない。逢麻の元の葉は、幾分青臭くはあるが、ほとんど無臭といってもよい。

「あっしらには、分かりやせんよねえ」

佐七も両方の臭いを嗅いで、首を横に振った。

「みはりの鼻では、分かるんだろうなあ。これが同じものだってことが。それで、みはりはこれをどこで咥えてきたって言ってたっけ？」

「へい、万富って大店の庭で。きょうはその庭に生えてる竹の伐採に行ったんですがね……」

「万富……？」

屋号を聞いて、藤十の首が傾いた。

「どうかしやしたかい？」

「いやな、万富って屋号を俺は聞いたことがないんだが、何を商ってるところだい？」

「いえ、それはあっしには……面目ねえ。ですが、藤十さんが、日本橋の大店を知らないとは珍しいでやすね」

「俺だって、知らないことはいくらだってあるさ。それはいいとして佐七、その庭ってのはどのようになってる？」

言って藤十は炬燵から出ると、半歩も歩かず棚に置いてある矢立を手にした。

「何か、書く紙はねえかな」

四畳半を一回りしても見当たらない。

「そこの見取り図を画くんですかい？　でしたらこれで……」

佐七は、お律から借りた手ぬぐいを広げた。その半分以上は、白い面である。

「五百坪ぐれえある広い庭でしてねえ……」

言いながら佐七は、手ぬぐいの白い面に図面らしきものを画き出した。まずは囲いを画き、母屋らしき建物の一角を画き入れる。

「ここら一帯が竹林でして、池がここで、鹿威《ししおど》しがここにありやして、ここらが石庭……」

「そんな、細かいところまではいいから」

「へい、すいやせん」

竹矢来のような柵を『×』で並べて示し、その奥に茶室庵を配置した。

「こんなところでやすかねえ」

佐七は、画いた図を藤十の前に差し出した。文字が一つもない図面であった。

「ここが竹林なんだな」

文字のないところを、藤十が書き入れる。

「すいやせん、手間を取らせやして……」

「いや、そんなことより佐七。この庵《いおり》に通じる小径はないのか？」

母屋と茶室庵の間は、竹林と池でもって遮られている。画き損じていると思った藤十は、佐七に訊いた。

「それが不思議なことに、ねえんですよ。竹藪《たけやぶ》の中を歩いていくんですかねえ。だとしたら、ずいぶんと不便で。それと、庭の奥に庵があるのは、母屋のほうからは見えませんで……」

「そうかい、なんだかうすうす読めてきたなあ」

「読めてきたってのは、どういうことで？」

「こいつを造っていたところだ」

言って藤十は、お常から徴収してきた『逢麻』を指さした。

「まさか、万富さんがですか？」

「あした、喜三郎と美鈴にこれを見せるのが楽しみだなあ」

佐七の問いには答えず、藤十は天井の長押《なげし》あたりを見つめ、鹿の屋での集まりに思いを馳せた。

第四章　覚悟しやがれ

一

集まりは昼の八ツ（午後二時）としてある。

昼どきから外れるが、鹿の屋も客が去って静かになる。二階は密談をするにうってつけの場所であった。

鹿の屋に行くまでは、まだかなりのときがある。藤十は、佐七とみはりを連れて足利屋を訪れた。

「ここが足利屋さんだ。佐七とみはりは、あの茶屋で待っててくれるか？」

藤十は、一人で足利屋の店の敷居を跨いだ。

店の中は、いつもより侍の数が多い。年の瀬の慌しさが感じられた。みな正月を迎えるための、金の準備に忙しいのであろう。

店頭に、主の仙左衛門はいない。そんな店の忙《せわ》しなさを気にしながらも、藤十は手空きの奉公人を探した。すると、十五、六になる小僧の手が空いている。初めて見る顔であった。

「小僧さん……」

「へい、なんでございましょう」

藤十は、周りの目を気にしながら用件を伝えると、「少々お待ちを……」と言って、小僧は母屋の奥へと姿を消した。

しばらくすると、青白い顔をした仙左衛門が店先へと顔を出す。

「ああ、藤十さん。どうぞ、お上がりになって」

仙左衛門は、藤十をお常の部屋ではなく、自分の居間へと案内した。お常のいる部屋とは二間の隔《へだ》たりがある。

向かい合って座ると、藤十がさっそく切り出した。

「いかがですか、お内儀のその後の具合は？」

「それが……」

お常を寝かしつけ、藤十が引き上げてから昏々《こんこん》と十刻ほど眠りつづけ、目を覚ましたのが朝五ツごろであったという。

「起きたと同時に、きのうと同じような発作がございまして、今度は『草をおくれ』って叫ぶのでございます」

「草をくれってですか?」

「ええ、これにはほとほと困り果てました。店の者も呼べず、ただうろたえてますとやがて静かになったのです。このときとばかり、手前がきのう藤十さんから教わったように、指圧療治をしましたところ……」

　お常が目を覚まし、またも苦しがるようなことがあったらと、応急の処置として眠りにつかせる方法を、藤十は仙左衛門に伝授してあった。

「やはり素人ですなあ、藤十さんみたいにはなかなかうまくいきません」

「そりゃそうですよ。みなさんにうまくやられたら、こっちのめしの食い上げになってしまいます」

　藤十は、仙左衛門の言う世辞をまともに受けた。それを気にとめることもなく、仙左衛門は話をつづける。

「手前の力ではおよばないところは、杖の先でごりごりと圧しました」

「ほう、それで……」

「今しがた、ようやく眠りについたところです」

ほっとした安堵の表情が、仙左衛門の顔に滲《にじ》む。

「左様でしたか、それはよかった。ところで、旦那様のお体の具合は？　お顔の色もかなりお悪いようです。お内儀のご心痛もあるでしょうが、あれから医者に診てもらいましたか？」

「ええ。先だって診ていただいたところ、胃の腑の中に、ただれができているのではないかと。『まんとみ』という薬問屋に、よく効く薬の調合を頼んでいるとのことでございました。ええ、さして案ずるにはおよばぬとのことで」

「それはよかったですねえ」

万富と聞こえて、藤十の胸がどきんと高鳴りを打つも、気持ちが顔に出ようとするのを押し留めて相槌《あいづち》を打った。

「それよりも、家内のほうが心配でございます」

「左様でございましょうなあ」

上の空で仙左衛門の話を聞いて、虚ろな言葉を返した。万富という言葉が、藤十の脳裏に引っつき離れない。

「どうかなされましたか？」

藤十の様子に、仙左衛門は訝しげな顔をした。

「いや、なんでもございません。ところで、旦那様……」

気持ちを戻して、藤十は山脇十四五郎のことを仙左衛門に訊いた。

「あっ、そうそう。そのことでした」

きのうの今日である。まさかと思ったが、仙左衛門に反応があった。

「家内のことで、思わず失念してました。きのう、藤十さんがお戻りになって一刻ほどしたのち、山脇様がお見えになりました。弁済をさらに先延ばしにしてくれとの話でして。人から金を借りているというのに、相変わらず居丈高な態度で……」

「それで、どうなりました？」

余計なことは聞かなくてもよい。藤十は肝心なことを聞きたかった。

「いや失敬、つい愚痴を……。家内のことを話そうとここまで出かかったのですが、藤十さんに止められていますからぐっと堪えました」

お常がこんな風になったのは、山脇のせいだと訴えようとしたのを仙左衛門は我慢をしたのだと、喉のあたりに手をあてて言った。

「いや、それはよかった。まだ、はっきりとしたことは分かりませんから。ですから……」

「ええ、ご紹介のことですね。踏孔療治をするいい方がいると言いましたところ、是非にと申されました。それで、いつでもいいから訪ねてこいと言っておられました」

——よし、つなぎが取れた。

藤十は、胸の中で手を一つ叩いた。

「それでです、藤十さん。紹介状を用意しておきましたから、これを……」

「これはありがたい。でしたら、さっそくにも行ってみます」

仙左衛門の配慮に、藤十は奮《ふる》い立つ思いで言った。

「こうなったのも、あの男が家内をそそのかしたのに、違いがございません。もしそうだとしたら、家内の仇《かたき》を取ってもらいたい」

仙左衛門は、悔恨《かいこん》の思いを込めて言い切った。いつもは温和そうな目に、憎悪《ぞうお》の光が宿る。

「いや、まだそうと決まったわけではありませんので。これから探ることですから……」

仇を取るのはまだ早急だと、仙左衛門を宥《なだ》めた。

——山脇とお常の間は、逢麻だけの関わりではないな。

仙左衛門の憎しみがこもる表情を見てとり、藤十は密《ひそ》かに思った。

「待たせてすまなかったな、佐七……」

団子を食い終わり、欠伸が出ようとしたところで、佐七は藤十から声をかけられた。半分開いた口を慌てて閉じる。

「ああ、藤十さん。それで、どうでやした中の様子は？」

「それがだ、すげえつながりがまた出てきたぜ」

藤十は、周りにいる客の気配を気にしながら小声で言った。

「つながりですかい？」

この人が動くと、必ず何か収穫をもってくる。と、佐七は感心した目を藤十に向けた。

「ああ、驚くなよ」

言いながら、藤十は店の中をきょろきょろと見回す。誰にも聞かせたくない話であった。

藤十は、佐七の耳元に口を寄せて短く言った。

「万富の話が出てきたぜ」

「なんですって？」

佐七の声に、周囲にいた数人の客の目が二人に向いた。

「おい、声がでけえよ」

「すいやせん」

佐七は小声で返すと、体もそれなりに縮まりを見せた。

「どうやら、万富ってのは薬問屋みたいだな」

「薬問屋ですかい？」

「ああ。これは喜三郎のほうが詳しいだろうな」

「でも、どうして藤十さんは薬問屋であるというのに、万富のことを知らなかったんですかい？」

両方とも人の体に関わる商いである。しかも、病に詳しい藤十が薬問屋の万富を知らないとは、やはり不思議なことであった。

「それはいい問い立てだ。だが、やはり知らないものは知らないというより仕方ないだろう。実は、そのへんも俺自身が不思議に思っていたところなんだ」

「なるほど……」

「まあ、それも踏まえて、喜三郎と美鈴を交えて話し合おうぜ」

そうしやすかい、と佐七は返事をし、二人は赤い毛氈《もうせん》の敷かれた縁台から腰を上げた。

　外でみはりが地面に鼻をつけて、うろちょろしている。

「みはり、行くぞ」

　佐七が声をかけると「わん」と一吠え返して、みはりが近づいてきた。

　鹿の屋で落ち合うまでは、まだ一刻半ほどある。早く喜三郎たちに話をもちかけたかったが、これだけの間があれば藤十は行ってみたいところがあった。

「佐七、日本橋の万富に、これから行ってみようじゃないか」

「ええ、そう言うと思ってやした」

　蔵前通りを引き返し、馬喰町から伝馬町を通って真っ直ぐに半里ほど歩けば、日本橋の本石町につきあたる。

　急ぎ足で来たおかげで、四半刻もせぬうちに日本橋の目抜き通りをつっきることができた。そのあたりが十間店町である。藤十の得意先である、両替商『銭高屋』の看板を目にしながら、脇の道を通り過ぎた。

「万富ってどのあたりだい？」

　得意先の近在であっても、万富の屋号は聞いたことがない。佐七は相当な大店だと言っていた。庭だけで五百坪もあれば、かまえも相当なものであろう。

「もう少し先で……」

そこから二町も歩き、通りは外濠につきあたった。

「……このあたりではないのか、先月一人が斬られたところってのは?」

独り言のように、藤十は自分に問うた。

濠の水面に、向かいの石垣が映るほど、冬とはいえど風のない日であった。石垣の上は、大名屋敷の海鼠塀《なまこべい》が、斜交い模様で連なりを見せている。真夜中には、これらのすべてがしじまの中に沈むであろうと、藤十は目前にある景色を見ながら思いやった。

佐七は、藤十の呟く声を聞くともなく濠端を左に折れた。

そこから一町ほどして、佐七の足は止まった。本石町一丁目の通りの角であった。向かいは代々後藤家が仕切り、小判を生産する金座である。

「藤十さん、こっから一町先に白茶色い石塀が見えるでしょう。あそこが万富の屋敷でありまさあ」

通りの奥を指さし、佐七は言った。

「なんだ、佐七は行かないのか?」

「ええ、職人に万一出くわしますと……」

この日は音次と代わりの職人が入っている。のっぴきならぬ用事と言って休んだ手前、佐七はどうしても屋敷には近づきたくなかった。

「そうか、分かったからそこで待ってな。そうだ、みはりは連れてってもいいだろ？」

「ええ、そうしてくだせい」

藤十のうしろにみはりがついてくる。


一区画、白褐色の白川石が積まれてできた塀に囲まれる屋敷があった。一間半の高さがある塀の上は、賊の侵入を防ぐ忍び返しが施されている。見るからに警戒が厳重であった。

およそ八百坪ある屋敷は、間口二十間奥行き三十間の塀で囲まれている。藤十は四方を足して百間もある屋敷の外周を一周し、元の位置に戻ると得心した。

どこにも商家の趣はなかったからである。いくら藤十でも、日本橋を網羅《もうら》しているわけではない。とくに、金座あたりは藤十も普段あまり近づくことはなかった。

「おそらくここは、主人の屋敷であろうな」

通りに面したところに、数奇屋造りの門構えがあったが扉は閉じられ、中の様子をうかがうことはできない。

藤十は、屋敷をもう一周してみることにした。三方は、巾《はば》二間の路地で囲まれている。隣家の塀も高さが一間半あり、両側にそびえ立つ。一日中、日のあたることのない小道に藤十とみはりは再び足を踏み入れた。

竹の枝が、塀越しに見える。

「これが、佐七の言ってた竹林だな」

竹の枝が途切れると、次は松の枝が塀の上にせり出してきた。

「竹、松とくれば、次は梅だろう」

生憎と、梅の枝は見えない。そんなことを考えながら、藤十はやがて一周巡ろうとしていた。元の通りに出る七間ほど手前に裏木戸があった。その際でみはりが歩みを止めると「わん」と一吠えした。

どうした、みはりと訊く間もなく、木戸の扉が開いて職人風の男が二人出てきた。

「何を食うかな?」

思えば昼どきであった。二人の職人は、藤十とすれ違うも食いものに思いが馳せるのか、目を向けることもなかった。みはりにも気づいていないようである。

半纏の襟には『植松』と記されているので、一人は音次であろう。佐七がいなくてよかったと、そのとき藤十は思った。

職人が出てきたということは、木戸の閂《かんぬき》はかかっていない。これ幸いと、藤十が木戸の取っ手をもとうとしたときであった。

「閂がかかってないではないか。そうか、職人が出ていったのだな……」

塀の向こう側からする声を聞いて、藤十は探るのを諦めることにした。

二

昼八ツの鐘が鳴ると同時に喜三郎が駆けつけ、鹿の屋の二階に四人がそろった。

昼膳は重箱に盛られて、すでに座卓の上に四人分用意されている。

藤十は、これまでのことを早く話したくてうずうずしている。腹はへっても、昼めしどころではなかった。

「食いながらでも……」

話をしようと言い出したところに、喜三郎の言葉が重なった。

「おお、ずいぶんと豪勢なお重じゃねえか。お京のやつ、奢《おご》りやがったな。腹減った、話をするめえに食っちまおうぜ」

みな、昼めしを我慢してきたのである。話に夢中になり、ゆっくり味わうことができないのも野暮《やぼ》だと、藤十も昼めしに専念することにした。それにしてもみな、箸の運びが速かった。女である美鈴も、男装に似合う食欲を見せる。空腹だったこともあるが、別の理由もあった。重箱の蓋がそそくさと閉められた様子に、気持ちが表れていた。

「さて、話をしましょうか……」

食後の茶を啜りながら、美鈴が言った。美鈴も、早く話したいことがあるらしい。

そして、喜三郎がつづけて言った。

「ああ、ようやく一息ついた。血の巡りがよくなってきたぜ」

喜三郎も何かをつかんできたようである。

「それでは……」

俺から、俺から、わたくしからと三人の口から同時に飛び出す。佐七は藤十に任せて聞き役に回っている。

藤十は、喜三郎と美鈴の話を聞いてからと、語りをあと回しにした。

「まずは、喜三郎から聞こうじゃないか。いいだろ、美鈴」

「はい、もちろん」

美鈴は、端整な顔をうなずかせて、藤十に従った。

「そうか、ならば今朝方のこと……」

喜三郎の話は、二刻前のことであった。

南町奉行所に、二人の女の直訴があった。いわゆる駆け込みの訴えである。

二人の訴えを聞いたのは、たまたま同心で居残っていた喜三郎であった。女二人は母と娘か、一人は五十歳前後の年のいった女で、もう一人は二十歳前の丸髷を結った娘であった。

「――いかなる訴えか？」

喜三郎は、しかつめらしく長い顔に威厳を込めて言った。

「およねちゃんから言いな」

「いえ、おふじさんから……」

名をもって言い合うところは、母子でないと知れた。

「どちらでもよいから、早く語りなさい」

「あいすみません。実はあたくしたち、麻布《あざぶ》に住む……」

喜三郎の前に座る二人は、倅《せがれ》と兄の探索を訴えに麻布から来た女たちであった。

麻布は、千代田城から南西の方角に一里ほど行ったところである。武家屋敷と寺院と農地が入り混じる地域であった。

原野のところどころに、野生の麻が群生している。その地域の百姓は土地を耕す傍《かたが》ら、麻の伐採も手がけ、麻の茎《くき》を繊維にして生地を作り、いろいろな加工品を生み出していた。麻で織った布がそのあたりの特産品となり、麻布という地名になったと伝えられている。

麻の葉を煎じて逢麻にするという知識は、界隈《かいわい》住人の誰ももち合わせていない。しかし、麻を伐採して加工している間に、気分が高揚してくることがあるらしい。だから、土地の人は怪我などをしたとき、痛みを和らげるために麻の葉を嚙むことがあるという。

小作農家に二人の若者がいた。一人は茂平《もへい》という二十五歳になる男で、もう一人は治助《じすけ》という一つ下の若者であった。

茂平はおふじの倅で、治助はおよねの兄であった。百姓の倅特有の、実直な性格で働き者であると、おふじは若者二人をもち上げた。

ひと月ほど前に、茂平と治助の二人でもって大八車を牽《ひ》き、麻の袋を納めに江戸市中に出たまま帰ってこないとの訴えであった。

麻布と、言葉に出たときから喜三郎は眉間に皺を立てている。

「茂平と治助は、それをどこに納めると言ってた？」

六尺近い大きな体の上半身をぐっと乗り出し、喜三郎は訊いた。

もしかしたら、竜閑橋と常盤橋の近くで殺されていた二人。

――そうだとしたら……。

喜三郎の勘が働く。

北町奉行所の管轄《かんかつ》でその事件は取り潰しとなったが、喜三郎の中では生きていた。逢麻のことを探っているときに、向こうのほうから懐中に飛び込んできた。麻布と出て、さらに一連の事件への関わりが信憑性《しんぴょうせい》を増してくる。

喜三郎の気迫に二人はたじろぐものの、役人の真剣な眼差しに、おふじとおよねは強い味方を得たような心持ちとなった。

今まで、こんな真剣に話を聞いてくれた役人は一人もいない。

「訴えも、実はこれで三回目なのであります」

百姓の行方が不明になったとしても、まともに話を聞く同心はいない。三度目の聞き役が喜三郎とあって、双方ともが幸運だったといえる。しかし、事件に関わっていたとしたら、二人の身内はもうこの世にいないのである。幸運というのも憚《はばか》られるか。

むろんそのことには、喜三郎は触れずにいる。まだ、そうと決まったわけではないのだ。

「分かったから、身共がきちんと話を聞こう。だから、二人はどこに麻袋を納めに行ったと訊いているのだ」

「それが……およねちゃん、聞いていたかい？」

「いいえ、おふじさんは？」

おふじもおよねも首を振る。

「なんだ、聞いてないのか？」

「はい、いつもは言って出かけるのですが、そのときは何も……」

「言わずに出ていったというのだな？」

おふじのゆっくりとした口調に堪らず、喜三郎があとを押した。

「ならば、普段はどこの商家に行くと？」

「はい、いろいろなお店の名が出てきてどことは。それでも、一番よく行くお店は……なんと言ったけ、およねちゃん？」

およねはしばし首を横にして考えていた。

「そうだ、たしか……」

「そのときおよねは『万富』という屋号を口に出したぜ」

喜三郎から屋号が出て、藤十の驚く顔は佐七に向いた。佐七も目を瞠《みは》って、藤十に返す。

「万富がどうかしたのか？」

喜三郎の言葉が、おぼろげに藤十の耳に入ってきた。

「今、何か言ったかい？」

言葉が届かぬほど、藤十の心の中は思わぬ符合で、虚ろになっていた。

「なんだ、聞いてねえのか。万富がどうかしたのかって訊いてんだよ」

「ああ、すまない。万富の話は順序立てて話をするから、ちょっと待っててくれ」

「待っててくれって、どうも気になる。触りだけでも語っちゃくれねえかい」

「よし分かった。肝心なところなので美鈴、俺から先にいいかい？」

美鈴も話があるようだったが、藤十は一連の骨子を知ってもらうために、ここで語ることにした。

「はい、どうぞ」

話したくてもなかなかその番が来ず、美鈴の顔に不満が宿った。

「話す前に、そのおふじさんとおよねちゃんはどうしたい？」

「聞いていたところの年恰好から、おそらく殺された男たちは茂平と治助に違えねえだろう。どこかで逢麻と関わり、先月殺《や》られちまったか……。けど、すでに死んじまったって俺は言えなかったぜ、可哀想で。もっとも、分からねえことだらけだし、まだ死んだと決まったわけじゃねえものな。とりあえず何か分かったら報せるということで、麻布に帰ってもらった」

喜三郎が、二人の死をどこかで否定するも、藤十は無念な気持ちに苛《さい》なまれていた。ここまで聞けば、間違いないだろう。殺された男たちが半端もんだとばかり思っていたが、そうではなかった。顔を合わせたこともないが、麻布から来たという母親と妹に、藤十は頭を下げる思いであった。

「そうだ、もう一ついかりやに訊きてえ。その『万富』って、知ってるか？」

「万富って俺が知ってるのは、石材の運搬業者だって聞くが。たしか、当主は富岡文《とみおかぶん》左衛門《ざえもん》ていったな。ああ、その昔濠の石垣に使う石を運んで巨万の富を築いたって話だ。今は、濠端用の石ではなく、墓石や塀などの石材を扱ってるみてえだぜ」

「その、万富ってのは薬問屋もやってねえか？」

「いや、それは知らねえ。聞いたこともねえな。薬のことなら、藤十のほうが詳しいだろうに」

「美鈴はどうだい？　万富って薬問屋……」

剣術道場ならば、怪我の薬は絶やさないはずだ。むしろ、自分よりも詳しいかもしれないと、藤十は訊いた。

「いえ、万富とは聞いたことがございません。まんが先に来て知っているお店では、満福《まんふく》。そして、とみがあとに来て知っているのは越中《えっちゅう》の業者で坂富《はんとみ》ですか。この二つの業者さんが、道場によく薬をもって来られます。逢麻とは関わりがないと思いますけど」

「はんとみってどういう字を……？」

語呂がよく似ている。

「はい、大坂の坂《さか》に富裕の富と書いて、はんとみと読みます」

「あれは、さかとみって読むのではなかったのか」

坂富ならば知っている。藤十は看板の文字だけ読んで、さかとみとばかり思っていた。神田岩本町《いわもとちょう》にある店で、藤十は二、三度店の前を通ったことがあるが、ただそれだけでつき合いは一切ない。

「俺も、そう思ってた」

喜三郎にしても、然《しか》りであった。

「聞き間違えていたのか……」

藤十はため息をつくものの、とんだ怪我の功名だと密かにほくそ笑んだ。万富を薬問屋と思い込み、てっきり逢麻の製造元と考えていた。『は』を『ま』と違えたのも何かの因縁かもしれない。

「そうか、万富とは石を運ぶ運搬屋だったのか。……あっ」

藤十が、また何か閃いたようだ。

「どうしたい、藤十？」

「そういえば、いかりや。鎌倉河岸には石屋が多かったよな」

鎌倉河岸にはその昔、千代田城の築城のとき、石垣に用いる石材を荷揚げした桟橋がある。石屋が多いのは、その名残りでもあった。石工の職人が、相模《さがみ》は鎌倉の出が多いことから『鎌倉河岸』になったとの言い伝えがある。

「ああ、鎌倉河岸といえば、竜閑橋の北側だ」

二つの殺し現場との思わぬ符合に、喜三郎は驚く表情を藤十に向けた。

「万富がなんで逢麻と関わりがあるんだか、藤十のほうの話を早く聞かせてくれねえかい？」

喜三郎は、ぐっと卓上に上半身をせり出すと、藤十に鋭い目を向けた。

もとより藤十はこれから語ろうとしていたところだ。だが、どこから手をつけて話してよいか、しばし思案する顔つきとなった。

「どうされました、藤十どの？」

なかなか切り出さない藤十に、美鈴が訊いた。

「いや、いろいろなことが絡まってな、どこから語っていいのやら今考えているところだ」

横からごちゃごちゃ話しかけないでくれとの、思いを宿した目が美鈴に向いた。

「ごめんなさい」

ひと言謝り、美鈴の目は対面に座る佐七に向いた。「怒られちゃった」と、美鈴は一瞬小さな舌を出した。それを、喜三郎は見逃さなかった。藤十と美鈴に目だけを動かし交互に見やった。

――本当に従兄妹なのか、この二人は？

喜三郎に、ふと湧いた疑問であった。男と女の仲に思いがおよび、長い顔にわずかながらも笑みを浮かべた。

三

藤十の考えがまとまったようだ。瞑《つむ》っていた目をゆっくりと開き、おもむろに語りだす。

「まずは麻薬である逢麻の出どころだが……」

いきなりの切り出しであった。

もとより佐七に出どころを探らせていた『逢麻』と、一連の『殺し』がしっかりと結びついた。そんな、自信がこもる藤十の声音であった。

藤十は、きのう佐七が竹林伐採の仕事で、万富の屋敷に入ったところから語りはじめた。

「……そういうことだったよなあ、佐七」

「へえ、みはりがこれを咥えてきやして」

すでに座卓の上には、みはりの咥えてきた『草』と、足利屋のお常が使っていた、草から作られた『逢麻』が広げられている。

佐七は草のほうを指さして言った。

「そうかい、みはりの手柄だったのか」

「ええ、すいやせん。あっしじゃなくて……」

「みはりって、なんですか?」

喜三郎と佐七のやり取りに、美鈴が割り込む。

「みはりってのは、あっしの飼っている犬でやして……」

余計なことに話がずれていく。

「おい、そんなことはいいから先に話を進めるぞ」

話がわき道に逸《そ》れ、藤十が引っ張り返した。

「俺はそこで考えたんだが……」

藤十がつづきを語りはじめる。

「万富の庭の奥深くにある茶室でもって、おそらく逢麻が作られてるんじゃないかと」

「俺も話を聞いていてふとそう思ったんだが、元の葉っぱはどこから……?」

「そんなことは、考えなくたって分かるだろうに」

喜三郎の問いに、藤十は皮肉めいた顔で見やった。

「あっ、麻布か。そうなると、殺された茂平と治助が絡んでくるな。やっぱり、最後に麻布《あさぬの》を納めたのは万富ってことか」

ちょっと首を捻って、喜三郎も気がついたようだ。

「ですが旦那、いいですかい？」

「なんだ、佐七？」

「石材と麻布ってのは、どう結びつきやす？」

ここが結びつけば、万富が十中八九『逢麻』の元締めだと言いきっていいと、誰しもが思った。

「そうだなあ、いい問い立てだ」

喜三郎が腕を絡めて、思案をする。

「麻布はどう使うか分かりませんが、麻縄は石を縛るのに使うのではありませんか」

絡まった喜三郎の腕が、麻縄に見えたのだろう。その様を対面で見て、美鈴が口を出した。

「麻縄じゃなくて、麻で作った布って言ってたからな。もっとも、麻縄も納めていたんだろうけど……」

「ちょっと待てよ。麻布だってよく使うぞ。墓石ならば、傷をつけてはいけないと養生するだろうよ」

「そういやあ、布で巻かれて保護された棹石《さおいし》を見たことがあるな。磨き上げた石塔は傷つけたくはねえだろうし」

喜三郎の返しに、藤十は苦々しそうに下唇を嚙みしめた。

「そうなると、茂平と治助は……」

「草の運び役だったってことか」

茂平と治助が運んだ葉っぱで、茶室でもって逢麻が秘密裏に作られる。それを捌《さば》く元締めは、石屋の『万富』で間違いなかろうと、四人の考えは一致をみた。

「なるほど、そういうからくりだったか」

大きくうなずきながら、喜三郎が言った。これで、逢麻汜濫《はんらん》の根元を断《た》つことができると、苦渋が安堵の表情に変わった。

「いや喜三郎、まだ終わりじゃねえぞ。これからが大変だ」

喜三郎の綻《ほころ》ぶ顔を見て、藤十は引き締めさせた。多分に、自らの気持ちに言い聞かせるためでもあった。

「ええ、左様に思います」

藤十のあとを取り、美鈴の整った顔が締まりをもった。

「これからが、町方や俺たちの手に負えないところなんだよなあ」

逢麻に関わる、一連の殺しへと話がつながる。

この先は、老中板倉勝清の力がいるかもしれないと、藤十と美鈴は横を向いて互いの顔を見やった。


藤十は、卓上にあるもう片方の『逢麻』に目を向けて語りはじめた。

「こいつはだなあ、先だって話しただろう。足利屋って……」

「蔵前の札差か？」

「ああ……」

藤十は一つうなずき、一拍の間を置いた。きのうからずっと手ぐすね引いて、喜三郎と美鈴に話したかったことである。だが、いざとなると気持ちが高鳴り、そのための一呼吸であった。

「この足利屋が、逢麻とえらく関わりがあった」

一呼吸置いたあとの、藤十の落ち着いた声音であった。

「なんだって！」

「なんですと！」

喜三郎と美鈴の口から上がったのは、やはり驚きの声であった。

「すぐに、ひっ捕らえなきゃならねえ」

片膝を立てて、喜三郎が意気込んだ。

「えらい鼻息になったけど、いかりやはその心意気をどうして万富にぶつけないんだ？」

「あっちはまだ、確たる証《あかし》がねえ」

「いや、そうではないだろう。万富のうしろには、何がついているか分からないから、おっかねえんじゃないのか？」

「そうじゃねえ、何を言ってやがる」

喜三郎は、図星をつかれ顔面を赤くして、抗《あらが》いをみせた。

「そんなおっかねえ顔をするなよ。俺だって、万富は怖いと思うぜ。うしろに何が控えてるか分からねえからな。だがな、その怖い相手がおぼろげながら分かってきたんだ」

「なんだと、そいつは誰でえ？」

「それは、これから順を追って話す」

藤十は、湯呑に残っていた冷めた茶を一口啜《すす》って、つづきを語りはじめた。

「この、麻から作られた『逢麻』は、足利屋のお内儀で、お常さんという人が使っていたのだ」

「なんだと、お内儀がか?」

「いいから黙って聞いててくれ。いかりやがいちいち口を挟むから、どうも気が脇に逸れる」

「すまねえ」

「それというのも……」

喜三郎の詫びに言葉を返すことなく、藤十は語りつづける。

「……ということで、これはそのお常さんのもっていた逢麻と煙管だ」

足利屋の内儀、お常の容態から療治のことまでを詳しく語り、藤十は一旦言葉を止めた。そして、いくらか湯呑に残っている茶を、ぐっと一気に飲み干す。

「へー、そうだったのか。それで、主のなんて言ったけ……」

「仙左衛門さんか?」

「その仙左衛門てのは、内儀が逢麻をやってるって知らなかったのか?」

「ああ、そうらしい」

「そうらしいって……藤十は不思議に思わなかったのか?」

喜三郎の言いたいことは分かる。だが、藤十は小さく頭《かぶり》を振った。

「旦那にもむろん問い質《ただ》したが、一切知らぬことだと無念の涙をこぼしていた。実際、逢麻については無知であったからな。それよりも……」

言いかけて、藤十は足利屋の店先で見かけた、山脇十四五郎の痩せた顔を思い浮かべた。

「怪しい武家が足利屋に出入りしていてな、こいつが……」

「なんだ、怪しい武家ってのは？」

またしても喜三郎が口を挟んだ。それなりに、早く話が聞きたいと気が急くのであろう。

「これから話すから、ちょっと黙って聞いててくれないか。早く知りたいってのも分かるが、ここは落ち着いて順序立てんとな。それで、怪しい侍ってのは山脇十四五郎といって、かなり地位の高そうな旗本なのだ。元飯田町近くに居を構えているらしくて……」

「藤十さん、ちょっといいですかい？」

「なんだい、佐七もか……」

人の話を邪魔だてするとは、との思いを宿して、藤十は言葉を止めた。

「あっしはあの晩、そう、美鈴さんが追剝ぎに襲われようとした日、俎板橋近くの元飯田町付近を探っていたんですぜ。やはり……」

探りは間違いがなかったのだと、佐七は思った。ある武家の屋敷を見張っていたのだが、表札は出ていない。聞き込もうにも、あたりは武家屋敷の塀が並ぶところだ。聞き込みも叶わず夜となって、その日佐七は引き返したのであった。

「そうだったのか。だったらそれは、山脇の屋敷に違いがないかも知れないな」

藤十はふと思いがおよんだ。あした山脇十四五郎を訪ねるとき、佐七も連れて行こうと。

「佐七の話は分かった。それじゃ、話をつづけるぞ。それでだ、その山脇ってのは……」

藤十が、山脇十四五郎のことを知った経緯を語る。

「……どうやら、この山脇という武家が、逢麻を仙左衛門さんのお内儀に吸わせていたらしい」

藤十は、ここで話を一度置いた。そして、にわかにしかめっ面となる。

「それで、山脇とお内儀はだな……」

この先は言い出しづらい話であった。

「できてたって言いたいんだろう、藤十は」

藤十が言葉を濁したのは、美鈴の手前だと喜三郎は思った。

——純情な野郎だぜ。

喜三郎がそんな思いを抱いているとも知らずに、藤十はさらに口にする。

「そんなこともあって、これは亭主の仙左衛門さんの願いでもあるんだ。女房寝取って、そして廃人にした仇を取ってくれと。そのためには、山脇に貸した金を取りっぱぐれてもいいとまでも言っていた」

いろいろな人の恨みが、一度に集まってくる。

「寝取ってって、その旦那ってのは、女房と旗本の仲を知ってたのか」

「ああ、話しづらそうにだが、みんな語ってくれた。見て見ぬ振りをしていたらしい」

「そういったことだったたか。つれえだろうな、その旦那さんも。それでその山脇って武家は、どれほどの者なんだ？」

「そいつをこれから探ろうってのだ。あした、山脇のところに行って踏孔療治を施すことになってる。佐七にも一緒に行ってもらいたい。ああ、助手ということで傍にいてくれたらいい。そうだな、体をひっくり返す手伝いでもしてくれりゃあ、相手だって疑わないぜ」

「かしこまりやした。植松の親方に断りを……いや、藤十さん」

「どうした？」

「あしたはもう一日、万富の屋敷で……」

万富を、さらに詳しく探る絶好の機会である。それをできるのは、佐七をおいてほかにはいない。

「そうか。だったら、山脇のところよりも……」

「そっちを探りやしょうや」

佐七はみなまで聞かず、袖を捲《ま》くった。

「藤十どの、よろしいでしょうか？」

美鈴は藤十に断りを入れた。話の邪魔をすると、厭味《いやみ》を言われるのがいやだったからである。

「なんだい、美鈴？」

「もしよろしければ、佐七さんの代わりにわたくしを……」

「美鈴がか……？」

いいとは思うが、美鈴の形に藤十は眉根を寄せた。

「やはり、駄目かしら」

「いや、その恰好では助手にはそぐわないものと」

「そのぐらい、わたくしにだって分かってます。恰好はおまかせください。先ほど名の出た薬屋坂富の、お女中さんの姿に似せますから。白い割烹着《かっぽうぎ》を着ればそれらしくなります」

「なるほど、ならばありがたい。お願いするか……」

明日ですべての真相を暴こうと、藤十と美鈴は山脇十四五郎の屋敷へ。そして、佐七とみはりは、もう一度万富の屋敷を探ることになった。

「佐七は気をつけろよ」

「分かってまさあ」

佐七は胸を叩いて、意気込みを示した。

「俺はどうする？」

一人あぶれた喜三郎が、所在なさげに口を出した。

「いかりやは、手ぐすね引いてここで待っててくれないか。もう一度、夕刻集まろうぜ。決戦はそれを踏まえてからってことだ。その膝元に置いてある一竿子の出番は、それからだぜ」

言われて喜三郎は、脇に置いてある、摂津《せっつ》の刀工忠綱《ただつな》が鍛《きた》えた大刀『一竿子』の鞘に手をかけた。

「これがものを言うのか」

刀を立てて喜三郎はぶるっとひと震えした。いわゆる、武者震いというやつである。

「待たせてすまなかった。今度は美鈴の話を聞こうではないか」

「はい。あるお方のお話によりますと……」

美鈴の話は、相当な人物がこの事件に絡んでいるから気をつけろとの助言であった。美鈴の言ったことは、すでに話の中に出てきている。美鈴はそのことだけを告げて言葉を置いた。

藤十だけが、美鈴の言うあるお方の名を知っている。だが、相当な人物というのは、まだ闇の中であった。

あしたは大事な日だと、酒はそこそこにしてしばらく段取りを話し合い、別れたのは暮六ツの鐘が鳴る半刻前のことであった。

四

翌日の早朝――。

師走の風が吹きつける中、佐七はお律に作ってもらった弁当をもち、みはりを連れて日本橋本石町一丁目の『万富』の屋敷へと向かった。

まだ幾分かあと片づけが残っている。職人は、佐七一人で入る、一人工《いちにんく》の仕事であった。同僚の目も気にすることなく探るのに、これほど都合のいいことはない。

――絶対に尻尾をつかまえてやる。

意気込みを自分に言い聞かせた佐七は、万富の裏木戸を二度ずつ、少し間を開けて三回叩いた。中に入るときの合図であった。

「植木屋の職人か？　よし、いいから早く入れ」

素浪人風情《ふぜい》の侍であった。庭の警護に用心棒が二人ほど雇《やと》われている。佐七が気になるのは、この用心棒の目であった。だが、用心棒たちが見張るのは不審な侵入者である。この日も植木職人が入ると聞いていて、裏木戸の近くにいたのであろう。

「外に出るときは、声をかけてくれ。うーっ、寒い」

佐七が中に入ると、木戸の門をかけ用心棒は寒さに震えながら家の中へと姿を消した。朝っぱらは警護の目も緩むのであろう。ましてや、この寒さである。家の中で縮こまっていたほうがいいと、用心棒の怠慢に佐七は感謝する思いであった。

きのう、音次たち職人が二人入り、あらかた片づいている。佐七の仕事は、竹の幹から落とした枝を掻き集め、竹林の中をきれいにすることであった。竹藪ならば、そのままでいいのだが、庭園の一角ではそうはいかない。竹林も景色の一つで、自然に落ちた葉はそのままにして、切った枝は一本たりとも残しておいてはならないのだ。人の手が入ったとは思われたくないのが粋だという。あくまでも自然のままである姿に保つ。まこと風流とは、下世話な者には理解がおよばぬ、面妖なものであった。

佐七は、竹矢来が組まれた柵の中を気にしながら、竹林の中に落ちた枝を掻き集めていた。ついてきたみはりは、野良猫を探しているらしく庭の中をうろちょろしている。

竹林の、奥のほうから仕事を進める。なるべくゆっくりと手を進めるが、一刻もやっていれば柵のあたりはあらかたきれいになる。それまで、茶室に変わった様子は見られない。

「……それにしても、どこから入るのだろう？」

柵は一間半ほどの高さがあり、出入り口らしき切れ間はなく、茶室までは入ることができない。

石塀から石塀まで柵は張り巡らされ、幾度往復しても、どこにも出入り口を見つけることはできなかった。しかも、母屋から通じる道らしきものもない。

——いったい、どこから入るんだい？

おかしいなと、佐七が思っていたところで茶室のほうに動きがあった。

「誰でい、竹林の中にいるのは？」

庵の戸を開け出てきたのは、髷を横になびかせた遊び人風の男であった。柵の向こうから佐七に声を投げかけた。

——あっ、あれは？

幾分遠目ではあったが、紛《まぎ》れもない。あの夜美鈴の懐中を狙い、因縁を吹っかけた輩の一人に間違いない。まさか、こんなところにいるとは想像だにもしなかったと、佐吉は寒風吹きつける中でも汗が額に滲む思いであった。

「へい、竹林の手入れを頼まれている者でして……」

驚く顔をひた隠し、佐七は働いている振りをして、答を投げ返した。

「そうかい。がさごそ、何してるのかと思ったぜ。仕事が済んだら、とっととどっかに行っちまいな。あんまりこの辺をうろつくんじゃねえぞ」

　男が柵に近づき、佐七に声をかけた。いつの間にかみはりが佐七の足元につき、見ると男に牙を剝いている。

「なんでい、その犬は？……あれ、おめえどこかで見たな」

　みはりの、敵意のこもった唸り声に男はたじろぐものの、首を傾げて考えている。

あとの言葉は、佐七の耳には届かぬほどの呟く声音であった。

「へい、野良猫を追い払うために連れてきていやす」

もし、あとに出た男の呟きが聞こえたならば、佐七は別の答を用意したかもしれない。

「そうか、小せえけどおっかなそうな犬だな。それにしても……」

　男はまだ考えている。

「……まあ、いいか」

　男は思い出すにいたらず、踵《きびす》を返そうとしたときであった。

「おい半吉、そんなところで何をしてるんだ？」

　男を呼ぶ声に、佐七の驚きは心の臓を早打ちさせた。

　――あれが半吉という男なのか。

そしてもう一つ、佐七には驚くことがあった。半吉に声をかけたのが、先ほど裏木戸の門を開けた用心棒であったからだ。

——竹林のほうからは入れないのに、なぜにあそこに……？

行けるのかと、不思議な思いにかられ、佐七の端整な顔は訝しさで歪んだ。

「すいやせん、変な男がうろちょろしてやしたもんで……」

「いや、あの男はいいのだ。旦那様が頼んだ植木屋の職人だからな」

「そうでしたかい」

半吉は、佐七にそれ以上かまうことなく引き返す。それでも、茶室につく間までに二度ほどうしろを振り向き、そして用心棒とともに茶室に姿を消した。

さらに一刻、佐七は藪の中から茶室を探るも、人一人、見かけることはなかった。

——あの中で、何かが行われている。いや、逢麻が作られているのだ。

佐七は、茶室の中を直に探りたい衝動に駆られた。だが、柵を乗り越えてもいけず思案しているうち、石塀越しに正午を報せる鐘が鳴り渡ってきた。

「みはり、昼飯にするか」

枝は揺れ、幹はしなるが、竹林の中は風が遮られてさほど寒くはない。茶室を見通せるところに腰をおろし、佐七はお律に作ってもらった弁当の経木を開いた。いつものように、にぎりめしが四つ入っている。

みはり用に作られたにぎりめしを笹の上に置いて、佐七は自分の分を一口かぶりついた。

「……相変わらず、塩の加減がいいな」

みはりもガツガツと地べたに口をつけて、にぎりめしを食っている。

佐七がにぎりめしの二つ目を食し、三つ目を手にしたときであった。母屋の方角から、がさごそと、竹を揺する音が聞こえてきた。風が竹を揺らす音ではない。人が竹林に踏み入ってくる気配であった。姿は見えぬが、徐々に近づいてくるのは分かる。

今から隠れるのではもう遅い。佐七は咄嗟に身の危険を感じて気構えた。みはりはどこに消えたか、傍からいなくなっている。

「おい職人、どこにいる？」

「へい、こちらです」

やがて三人の男が竹の陰から姿を現すのが見えた。

野郎風の男が二人と、浪人が一人。佐七はそのうち二人に見覚えがあった。一刻ほど前、柵越しに顔を見合わせた半吉と用心棒であった。

――おや？　いつの間に……。

知らぬうちに、小屋から出て母屋に戻っていたことに、佐七の首は傾いだ。だが、気持ちを見透《みす》かされぬよう、細心の注意をはらうのを忘れてはいない。

もう一人には見覚えがない――いや、あった。佐七に、あの夜暗い中で美鈴を脅す輩の中にその横顔があったと、記憶が甦った。

――となると、これが竹松？

竜閑橋の袂で面を潰されて殺された大八の仲間である。それに、三次郎を加えた四人が美鈴を襲った面々であった。

用心棒を真ん中にして、半吉と竹松の三人が横に並んで佐七の前に立ちはだかる。

「おめえ、職人にしちゃあおかしな野郎だなあ」

半吉という男が、下から上へとねめ回し、佐七に難癖をつけた。

「ど、どうしてですかい？」

佐七も平然を装うが、声音に震えがきている。

「おめえ、そんないい面《つら》をしやがって、庭いじりの職人じゃもったいねえ野郎だ」

半吉の口調に、佐七はふっと息を漏らした。言葉の調子では、佐七を怪しい者とは思ってないようだ。そしてすぐあと、佐七に近づいたわけが語られる。

「どうもおめえは仕事をやる気がなさそうだな。来てから二刻も経とうってのに、ちっともはかどっていねえようだ。ぶらっかぶらっかしやがってな。だったらどうでい、俺たちの仕事を手伝ってみねえかい。いい銭にもなるし、気持ちいい思いもできるぜ」

半吉の言葉に、用心棒と竹松に薄ら笑いが浮かぶ。

——向こうから来やがった。

仕事への誘いであった。

——逢麻を作るほうか、売るほうか？

「それとだ……」

佐七が思いあぐねているところに、半吉の言葉が重なった。

「おめえ、堅気《かたぎ》じゃねえだろう」

半吉の、刺さるもの言いに、佐七は身震いする思いとなった。

「もしかしたら、前の仕事はこれじゃねえのかい？」

半吉は言いながら、右手の人さし指を鉤《かぎ》型に曲げた。これには、さしもの佐七も驚嘆の目を向けた。佐七の目が斜交いに向いて、無頼であったときの光が宿る。

「図星だったみてえだなあ」

半吉は顔に薄ら笑いを浮かべ、絡みつくような目で佐七を見やった。

——あっしはごいつらを知らねえのに、どうして前を知っている？

睨む顔を向けるも佐七は無言であった。

「そんなに強張《こわば》らなくたっていいぜ。俺はおめえのことをよく知ってる。邯鄲師だったってことをな。どうりでどこかで見た面だと思ったぜ」

先刻、半吉が首を捻ったのは、佐七の顔に見覚えがあったからだ。

佐七は半吉のことを知らないが、相手は自分のことを知っている。どこで会ったかと、佐七は考えをめぐらせるが、思いあたるふしはなかった。

「なんで、俺のことを知ってるのかって面をしてやがるな。そうだなあ、一度も会ったこともねえのに知ってると言われちゃ、そりゃあ穏《おだ》やかじゃねえだろうよ。昔は俺だって、面を隠しながら盗人働きをやってたしなあ」

「……えっ？」

「ああ、俺も昔はおめえと同じ稼業だ。おめえは知らねえだろうが、人の獲物を横取りされたとあっちゃ、ずっと以前のことでもこっちは思い出したぜ」

「………」

以前、どこかで現場が一緒になった。そして、狙う獲物も同じであった。佐七に先を越された。その因縁がある分、半吉のほうが強く記憶に残っている。

「今は植木職人になって、堅気かい。それもいいだろうよ。だったら、親方はおめえの前がどんなもんだかってことを知ってるのかい？」

半吉は、佐七に脅しをかけてきた。仲間にならなければ親方に言いつけるとの意味を含む、もってまわった言い方であった。

――ならば、おもしれえ。

「いっ、いや……」

佐七は相手の誘いに乗って、懐に入ろうと心で決めるも、口では首を振って怖がる素振りを見せた。

「どうか、そいつだけは親方には黙っていておくんなせえ」

がっくりとうな垂れながら、この先のことを佐七は考えていた。

五

一度懐に入ってしまったら、すぐには外に出られなくなる。今夕、藤十たちと鹿の屋で落ち合うことになっているが、つなぎがつかない。ここをどうしようかと、佐七が迷うところであった。

「ああ、黙っててやらあ。その代わり……」

喋《しゃべ》るのは今のところ半吉一人である。

「どうしても、仲間になれってことですかい」

「おめえの、盗むときの手ぎわのよさを俺は気に入ってるんだ」

つまらねえところで気に入られたもんだと佐七は思ったものの、口には出さずにいた。

「それで、なんの仲間なんで？　あっしはもう二度と悪さはしねえと誓ったんでさあ」

「いや、悪さなんかじゃねえ。むしろ、人さまのお役に立つことだ。幸せな気持ちにさせてやろうってのだからな。それにおめえだって、こんなかったるそうな仕事なんぞしなくとも、銭だったらいくらでも稼げるんだぜ。どうでい、仲間に加わってみちゃ。俺はおめえの面がめえがこの仕事に向いてると思ってるんだ」

「分かりやした。兄いがそんなに言うんでしたら。ええ、ほんとはこんなつまらねえ仕事、今すぐにも辞めてえと思ってたぐれえでして。やっぱし、あっしには堅気なんか向かねえ」

「そうかい、だったら決まりだ。なら、一緒について来い」

「ちょっと待ってくだせえ。きょうのところは、これを片づけねえと……」

「そんなもんはどうでもいいやな」

「いえ、これであっしが帰らねえとなれば大ごとになりやすぜ。きちんと、辞める断りは入れやせんと。……こちらの仕事は、あしたからということでいかがですかい？」

これならば、藤十たちとも今夕会える。そこで、こいつらの懐に入ったときのことを相談すればいいと、佐七の心は決まった。

ところが――。

「いや、ここからは帰さねえ」

半吉の面つきが、にわかに変わった。今まで穏やかであったものが、一変して悪党の形相《ぎょうそう》となった。

「分かりやしたから、ちょっと待っててておくんなせい。これだけ片づけちまいやすから」

言って佐七は道具箱から植木鋏《ばさみ》を取り出し、相手の気づかぬところで自分の手に傷をつけた。血が滴《したた》り落ちて、竹の葉を赤く染めた。

「うっ、痛《いて》え。うっかりしくじっちまいやした」

「だいじょうぶかい……」

痛がる佐七を気遣う半吉の声は、風に揺れる竹の音によってかき消された。


佐七が自らの手を切って血を流したちょうどそのころ、藤十と美鈴は、元飯田町は俎板橋の近くにある、山脇十四五郎の屋敷にいた。

藤十が思っていたほど、山脇は大身ではなさそうである。むしろ、衰退した武家の典型ともいえる屋敷の様子であった。身形で恰幅《かっぷく》よく見せるのは、札差から金を引きやすいからであろうか。そして、威張り散らすのは多分に見栄でもあろう。いずれにしても落ちぶれて、いまや家人奉公人のいない旗本であった。

聞いていることと違うと思いながらも、藤十は山脇十四五郎の背中に乗り、踏孔療治を施していた。膈兪から腎兪という経孔にあてがい、足の親指を強く圧す。

「くっ、痛気持ちいい。効くなあ……」

山脇から、悦にこもった声が漏れる。

ひととおり、背中に乗って経孔を圧してから、藤十は背中から下りた。蒲団の脇に、美鈴が座っている。小袖の上に白い割烹着を着込んで、踏孔師の助手になりきっていた。髪形も丸髷に結い直し、女の色香がほとばしっている。

「美鈴……」

「なんでございましょうか、先生?」

「ぼんやりとしてないで、患者様を仰向けにさせておくれ」

藤十の威張ったようなもの言いに、美鈴の腹は幾分立ったが、すぐにその怒りは胸の奥にしまいこんだ。

「かしこまりました」

代わりに、ぶっきらぼうな返事をする。

山脇十四五郎の、痩せた体を美鈴一人の力でひっくり返す。うしろから抱きかかえられる形となった山脇は、このとき陶酔の極みにあった。美鈴の胸の膨らみが、山脇の背中を押す。

「なんとも気持ちがよいのう」

うっとりとした、山脇の声音であった。

山脇は仰向けになって薄目を開けると、目の前に美鈴の顔がある。

「おお、美しいおなごよ」

山脇の腕に力が入る寸前、咄嗟に美鈴は体から離れた。

「なぜに、逃げるぞ……うふ、ふふふ」

山脇の口から、奇妙な笑い声が漏れてきた。このあたりから、山脇の様子に変化が見られる。

「くっ、苦しい」

笑いが急に途切れ、山脇の顔は苦渋のこもる表情となった。足利屋のお常と同じ症状であった。首を自らの手で絞め、苦しさから逃れようとしている。

「逢麻が切れてきたようだな。よし……」

藤十は、ここぞとばかり山脇の腹に乗り、鳩尾から巨闕という経孔を手の親指で強く圧した。

「やはり、この男は相当に寝不足のようだな」

腹を圧しながら、藤十は小さな声で美鈴に話しかけた。

「どうしてでしょう？」

「相当強い力で圧さないと、この男には効かない。寝不足の証だってことだ。夜な夜な出歩いては、人を斬っているのだろうよ」

藤十の療治が効いてきたのか、山脇はやがて落ち着き陶酔の境地に入った。山脇の耳には藤十と美鈴の声は聞こえていない。

「今の内だ、美鈴……」

はいと、声を出す代わりに美鈴は大きくうなずいた。もとよりの打ち合わせである。その間に美鈴は、逢麻を探し出し、そして刀を調べることにあたった。

藤十の療治が止まると、山脇も陶酔から目を覚ます。ときはあまりないと、藤十は言った。

刀は刀架にあるので、すぐに分かる。美鈴は大刀を抜いて、刃こぼれをたしかめた。それと、人を袈裟懸けに斬れば、どんなに拭《ぬぐ》いとっても人脂の付着があるはずだ。

美鈴は、燭台に載る蠟燭《ろうそく》の灯りに刃をかざす。両面を返しながら丁寧に調べると、藤十に顔を向けて小さくうなずき、すぐに顔を横に振った。どっちつかずのまぎらわしい所作であった。

「どうだった？」

傍に近寄る美鈴に藤十は訊いた。

「一度も刀を使った形跡はありませぬ」

「ならば、ほかに刀は？」

「いえ、ないと思います」

「なぜ？」

「相当な安物です。一応刀ですが、あんな鈍《なまく》らでは人は斬れませぬし、ほかに刀がもてるほどお金があるように見えませぬ」

美鈴は部屋の中を見回しながら言った。

「そして、脇差は竹光です」

「というと、一連の殺しは……」

この人ではないという意味を込めて、美鈴は首を振った。

「山脇ではなかったのか」

藤十は、臍《ほぞ》を噛む思いとなった。

下手人は、山脇十四五郎とばかり思っていたが、これで振り出しに戻ることとなった。

藤十は、ここで手を止めた。一両の代金だって取れそうもなく、療治をつづけていても仕方ない。すると、そのとき——。

「草、草をくれ……あぅーっ」

陶酔から覚めると山脇は、断末魔の叫び声を上げた。

「美鈴、行こうか」

藤十が、仕込み杖を畳について立ち上がろうとしたとき、またも山脇の口から苦しげな声が聞こえてきた。

「くっ、草を頼む……お奉行……」

喉を掻き毟《むし》りながらの声である。半分はかすれていたが、意味は藤十と美鈴にも通じた。

「えっ、今お奉行って聞こえなかったか？」

「ええ、聞こえました」

驚く目で、美鈴は藤十を見やった。

「ちょっと待て、美鈴。もう少し経孔を圧してみよう」

藤十は、山脇の頭から顔面にある経孔を圧した。体の療治とは別の、口を軽くする秘孔である。二、三箇所を圧すとすぐに、山脇に変化が見られた。

「富岡じゅう……さま」

——どこかで聞いた名だ。

口から漏れた名に首を傾げ、藤十は腰を浮かせた。

「こいつはこのままにして、それよりも、親父様に会いに行こう」

涎をこぼして喘《あえ》ぐ山脇をそのままにして、藤十と美鈴は山脇の屋敷をあとにした。

六

藤十は仕事着のままで、美鈴とともに老中板倉勝清の上屋敷を訪れた。幸い、元飯田町からの帰りの道筋に当たる。

「まだ戻ってはいないだろう、この恰好ではなんだ。美鈴、ちょっと頼む」

身形などかまっていられないと思ったものの、やはり気が引ける。

門番とは美鈴が応対してくれた。藤十は五間ほど離れたもの陰で、様子を見やる。

やがて家臣が一人出てきて、美鈴と言葉を交わしている。家臣は引っ込み、美鈴が戻ってきた。

「やはり、老中様はお留守で。夕七ツにならないと戻らぬそうです」

「夕七ツか……遅いな」

鹿の屋で、喜三郎と佐七と会う手はずになっている。

「……弱ったな」

呟くのと、美鈴の声が重なった。

「それが、何か両国の回向院さまに行くとか……。ご家臣がお知り合いでしたので、うまく聞き出しましたわ」

「なんだって、回向院さまと……美鈴、行こう」

言うが早いか、藤十はさっさと歩きはじめた。

「藤十どの、待って……」

半里十町、早足で歩けば半刻とわずかで着けるであろう。藤十は脇目も振らず、平右エ門町に住む、母親お志摩の家へと向かった。

藤十と美鈴が、お志摩の住む家に着いたのは八ツ半前であった。勝清が乗る黒塗りの忍び駕籠は、いつもの路地に来ていない。

「どちらに行かれるのですか？」

急ぎ半里十町を歩き通した美鈴が、息を切らしながら訊いた。

「ここは、俺のお袋の住む家だ。殿様は、たまにここに立ち寄る。とくに、回向院さまの帰りには……」

「左様でしたか」

異母兄妹の顔に笑みが浮かび、一層の愛らしさを藤十は感じた。だが、どうにもならぬ縁である。思いを断ち切るために、藤十は頭を振った。

お袋いるかと、藤十はがらりと音を立てて玄関戸を開けた。

「おや藤十……」

うしろにいる美鈴を見て、お志摩が目を丸くしている。

お志摩の居間で、藤十の口から美鈴のことが語られた。

「左様でありましたか……」

よくぞ来ていただいたと、お志摩の目が潤んでいる。ある意味仇同士である女の娘であっても、お志摩にはわだかまりなど微塵もなかった。

「これからも、ちょくちょくいらしてくださいな」

「ええ、喜んで。わたくしもお会いできて嬉しい限りです。これからも……」

よろしくと、美鈴が畳に指をついたところで、玄関の開く音がした。


父勝清を前にして、経緯が藤十の口から語られる。公務に忙殺される老中板倉勝清には、ここにいる刻が限られていると思い込み、藤十は早口で語った。

「もう少し、ゆっくりと話せ。きょうは幾分と余裕がある」

藤十は、それから四半刻ほどかけて語り終えた。

「左様であったか。奉行の富岡じゅうとか申しておったのだな？　そうか、富岡十《じゅう》内《ない》のことか……」

「富岡十内ですか？」

勝清の、思案する声を美鈴がとらえた。

「ああ、富岡十内とは普請《ふしん》奉行の下につく者でな、奉行を補佐する役目である。普請方下奉行と申してな、やはり奉行には違いない」

普請方とは城内の新築、改築および、営繕全般に関わる役職である。普請奉行は、老中直々の配下に属す。

「富岡家と申すはな、その先祖は昔、千代田の城が権現《ごんげん》様によって築かれたとき、城郭に使う石材の運搬を手がけていた業者であったのだ。今も『万富』という屋号で……そうだ、藤十の話の中にも出ていたな」

「はい、おそらく逢麻に関わりをもつものと……」

「うむ。ならば話を順序立ててよう。富岡家の先祖は石を運んでしこたま財を築き、武士の地位を金で買ったと聞いている。富岡の名も、そのときについたのであろう。元々普請奉行の配下で、金を頼りにのし上がってきた家なのだ。だから、旗本八万騎には属していない」

富岡家の実情を、板倉勝清は要約して語った。

「話に出てきた『万富』というのは……」

富岡家の子孫で、富岡十内の本家にあたる。当主は富岡文左衛門といって、名字帯刀を許された家柄であった。

富岡家の出世は、万富から流れたその潤沢《じゅんたく》な資金を元に成し遂げられてここまできた。しかし、昨今は石材の運搬も墓石だとか、庭石などの小物ばかりで商いも徐々に衰退をみせてきた。

富岡十内も、たかだか百石どりの普請方下奉行では飽き足らず、さらに上を目指していた。元々賂《まいない》で立ち上がった家系である。十内は、金を万富から引き出させていたが、資金も底をつき、それでもって――。

「逢麻の栽培に手をだしたか。だが、これは富岡だけの策謀ではあるまい。それだけの者なら、町奉行所に力をおよぼすことができぬからな。ああ、普請奉行でも難しいであろう。その上の黒幕はいったい誰かだな……」

勝清は考えるも、ぼんやりとした輪郭《りんかく》が浮かぶだけであった。たとえ老中であっても、迂闊《うかつ》には誰とはいえない。そこまでいけば、とうてい藤十たちの手には負えない大物であると、勝清は気持ちの奥にしまいこんだ。

「ところで、藤十と美鈴が先刻探ったという山脇十四五郎というのは、以前は富岡の上司だった男だ。富岡と立場が逆になり、それが逢麻に溺《おぼ》れ身をもち崩していたとは

「……馬鹿な男だ」

藤十と美鈴は、これでようやく鎖がつながったとの思いに至った。

それから一刻後、藤十と美鈴は南町定町廻り同心碇谷喜三郎を前にして、鹿の屋の二階にいた。

「……万富は、金になる麻薬の逢麻に手を出したのだろうというのが、俺と美鈴の読みだ」

老中板倉勝清のことはおくびにも出さず、二人で話し合ってきたと喜三郎に告げて、藤十は語り終えた。

「なるほど……。だが、富岡十内ってのには町方は手を出せねえな」

「それは、普請奉行様のほうからなんとかするそうです」

美鈴が、ひと膝乗り出して言った。

――それを言ったらまずい。

と、藤十は美鈴に目配せを送るも、横に座るので意思が通じない。いくら気心の知れた喜三郎にも、親が老中とは言えないのである。言い含めておいたのだが、言葉が足りなかったかと藤十は悔やんだ。

「普請奉行がなんとかするって簡単に言うが、そんな偉い方を美鈴どのはご存知なのか？」

「い、いえ。そうではなく……」

美鈴の口がもつれをきたしている。

「いや喜三郎。俺の客で、何かあったら相談をかけるお旗本がいるだろう。そう、前も廻船問屋の事件で世話になった……」

「ああ、聞いている」

「そのお方から、普請奉行に話をしてくれるそうだ。あっちのほうは任せようかと思う」

藤十は、『――わしのほうから普請奉行に命じておこう。富岡十内を調べろとな』と言った勝清の言葉を、口調を変えて喜三郎に伝えた。

「そうかい……」

――その旗本ってのは、いったい誰なんだい？

藤十の口から『相談をかける旗本』と聞くたびに、喜三郎は思案にくれる。

「佐七の奴、遅いなあ」

藤十は、喜三郎の思考を引き戻すため話題を変えた。

「そうですねえ……」

美鈴も、藤十に言葉を乗せる。

五ツ半を四半刻ほど過ぎてはいるが、佐七はまだ戻ってきていない。

「何してやがるんだろうなあ。もう、暮六ツになるぜ」

喜三郎の思考は、佐七のほうにめぐった。

冬のお天道さまが西に隠れ、茜の色が徐々に群青色に変わる刻となった。

「万富で何かあったのかな？」

不安げに、藤十が口に出した。

あらかたことの経緯が判明しただけに、気がかりは増してくる。

「もしかしたら……」

やばいことになっているかもしれんと、喜三郎がその長い顔を歪めたときであった。

「碇谷の旦那、下にみはりが来てますよ」

駆け込むように襖を開けたのは、女将のお京であった。喜三郎の艶《いろ》でも、人前では旦那と呼ぶ。

「みはりだけか？」

「ええ、そう。それで……」

お京の返事をみなまで聞かず、藤十は足力杖を、そして喜三郎は一竿子を握ると階段を駆け下りていった。美鈴もつづけとばかりに立ち上がるも、そこは女である。男たちから、幾分遅れをとった。

「美鈴さま、みはりがこれを咥えてました」

お京が喜三郎に伝えたかったことを、美鈴に託した。

「これは……？」

お京が差し出したのは、血のこびりついた竹の葉であった。


美鈴が鹿の屋の店先に下りると、藤十に血のついた竹の葉を渡した。

「殺られたのか？」

横から竹の葉を見て、喜三郎の顔が歪んだ。

「これは急がないと……」

「そうだ。一刻も早く万富に乗り込まなきゃいけねえな」

「ちょっと待って藤十どの……」

気ばかりが急いている藤十と喜三郎を、美鈴が止めた。

「慌てて行けば、かえって佐七さんを危うくするだけです。今はだいじょうぶ、佐七さんに危害はありません」

「どうして、美鈴どのにはそれが言える?」

「これはわたしたちを急かせるための暗示でしょう。本当に斬られたら、こんな血のりではないはずです。それに、みはりにこの葉っぱを託す余裕が見受けられます。多少つらい目には遭ってるでしょうが、あのお方なら根性は据わっています」

美鈴は、佐七の気転であると読んだ。

「それよりも、万富の庭はおかしな造りですし……」

美鈴は冷静であった。

「なるほど、美鈴の言うとおりだ」

藤十の、感心した面持ちに美鈴の顔に小さな笑みが浮かんだ。しかし、佐七のことを思いやると、その顔はすぐに元の引き締まるものとなった。

先日佐七の画いた万富の庭の図面はみんな見ている。たしかに、おかしな庭の配置であった。慌てて乗り込んでも手こずるだけだと、美鈴はつけ加えた。

藤十は、万富の屋敷をぐるりと囲む、高さ一間半の石塀を思い出していた。忍び返しが施された、まるで城壁のような堅固な普請であった。

「なるほど。無理やり乗り込んでっても、かえって佐七の命が危ないだろうな」

簡単に人を斬る奴らだ。

忍び込むためには――。藤十は一計をめぐらせた。

「ちょっと、ついてきてくれ」

喜三郎と美鈴を連れて藤十が来たのは、長谷川《はせがわ》町《ちょう》は三光《さんこう》稲荷のそばにある、植松の親方のところであった。鹿の屋のある小舟町からは、万富とは反対の方角にあたり三町ほど引き返すかたちとなった。藤十たちが住む、住吉町の左兵衛長屋からは二町と近い。

「親方、佐七が万富に行ったきり帰らないみたいでして」

「ああ、俺のほうも心配《しんぺえ》して今、音次の野郎を呼びにやったところだ。おっつけ来るから待っててくだせい。藤十さんも万富の屋敷の様子を訊きに来たんでしょ？」

「ええ、その通りです」

そして間もなく。

「なんですって、親方。佐七が戻っていねえって？　おかしいなあ。あんな仕事、一人でやったって、昼八ツには終わっちまう仕事だ。きのうは来なかったんで、それだけやつのために残しといたんでさ」

「事情はともあれ、音次。藤十さんに、万富の屋敷の様子を聞かせてやれ」

音次は紙におおよその見取り図を画いた。佐七が画いたものとほぼ同じであり、藤十たちはもどかしくも、黙ってそれを見ていた。

「茶室に行くには？」

藤十は訊くも、音次は首を振った。

「それが分かりませんで。竹林をつっきるではなし……」

結局、音次からは肝心なからくりを聞き出すことはできなかった。

七

みはりが「——早くついてこい」とでも言いたげに、幾度もうしろを振り向きながら、もどかしそうに先導する。

夜の帳《とばり》が下りた六ツ半も過ぎたところで、『万富』の屋敷に藤十と喜三郎とそして美鈴がたどり着いた。

母屋へ通じる表門は固く閉ざされ、屋敷の中に入りようがない。

忍び込む手段はないかと、三人は考えながら塀に沿って半周ほどした。路地も奥まり隣の塀が張り出して、その間が三尺と狭まるところがある。そこまで来てみはりの足が止まった。

月の光が届かぬ暗闇である。藤十は気がつかずにみはりにけつまずくと、あとにつづく喜三郎、美鈴の順で背中にぶつかった。

「痛えな」

美鈴の腰に差してある大刀の柄頭が喜三郎の腰にあたり、思わず声を発した。

「申しわけありません。暗くて、何も……」

見えませんと、美鈴が手探りで石壁に手を触れたところであった。

「あれ、これは？」

指が三本引っかかる窪みを指先に感じ、美鈴は小さな声を出した。

ゆっくり押すと、小さな軋《きし》み音を立てて石壁が開く。外からはうかがい知ることのできない、隠し扉であった。

路地の暗さに比べたら、月の明りは眩《まぶ》しいほどに万富の庭を照らしていた。

「みはりは、端からこの入り口を教えたかったのだな」

そのとき「うぉーん」とひと鳴き、みはりの遠吠えが塀の外から聞こえた。佐七に報せるような合図に聞こえた。

「最初から、みはりについてくればよかったなあ」

遠回りしたことを、喜三郎は悔やんだ。

「でも、植松のところに行っておいてよかったぜ。職人たちから下手に騒がれずにすんだ」

「それもそうだな」

悔やむ気持ちはどこかに消えた。

平屋で三十坪ほどあり、茶室としては大きな造りである。三人の目は、薄明りの漏れる茶室庵に向いた。

近づこうと、喜三郎が突き出た顎で合図を送る。無言で藤十と美鈴はうなずいた。明りの漏れる窓に近寄り、三人は順番で中をのぞき込んだ。

六畳ほどの部屋に、七人が車座になって座っている。

真ん中に恰幅のいい主風の男が座り、その隣には頭巾を被った身形のいい武士の姿が見える。その脇に用心棒らしき浪人風情が二人並び、そして野郎風の男が二人背中を向けている。

もう一人、職人の半纏を着た男の背中も見える。丸に『植』と抜かれた半纏に、藤十と喜三郎は見覚えがあった。佐七が、向かいに座る武士に平伏している。

「佐七だぜ」

藤十が、ささやくように言う。言葉を発せずに、喜三郎と美鈴はうなずいた。

話し声が聞こえてくる。三人はそっと壁に耳を押しあてた。

「富岡様……この男がこのたび売人に雇い入れた、佐七という者でございます」

「おう、かなりいい面をしておるなあ。この者が売るならあれを欲しがる女が増えるだろうよ。佐七とやら、せいぜい励《はげ》めよ」

「へい……」

「それでは、わしはこれで……」

「おい、みなでお見送りしろ」

藤十たちに聞こえた会話はここまでであった。三人は咄嗟に松の木陰に隠れ、一同が出てくるのを待った。

「……やはりあの男が」

美鈴が呟く声を漏らした。

「知っているのか、美鈴？」

藤十が小声で訊いた。

「はい。名前は忘れてましたが、あのお武家が富岡十内……だとしたら、かなりの手練《てだれ》でございます」

ようやく聞こえるほどの小声で、美鈴が言った。

「美鈴は、なぜにそれを？」

「わたくしが子供のころ、うちの門弟でいたのを見てましたから、顔は覚えています。あの三次郎を斬った逆袈裟の太刀筋はもしやと思って……」

美鈴は急に言葉を止めた。

喜三郎の声が重なったからだ。

「出てきやがった」

七人がそろって庵から出てきた。中には佐七が交じる。手に包帯を巻いているものの、ほかはどこも怪我をしていない様子に、三人はほっと安堵の息を漏らした。

「藤十、殺すんじゃないぞ」

「ああ、分かってるさ。生け捕って、手柄にでもなんでもすりゃあいいや」

「美鈴どのも、頼まいなあ……」

「はい、心得ています」

剣戟《けんげき》には差し障りのない月明かりである。加えて、きらめく満天の星も地上を照らす。竹松がもつ提灯は、真っ暗な路地裏で役にたつものであろう。

石塀の隠し扉に行くまでは、道のない松林の中を通る。

枯山水の趣で造られた庵の庭は、白砂利が敷き詰められている。二十坪ほどの広さであろうか。藤十たちは、そこを決戦の場と踏んだ。

「この先には行かせないぜ」

松林に入る手前で藤十と喜三郎、そして美鈴の三人は、七人の前に立ちはだかった。足力杖を担いだ藤十が、言葉を投げつける。

「なんだ、おまえらは？」

用心棒の二人が数歩足を繰り出し、刀を抜いて五人の前面に立った。

「佐七、これをもってろ」

藤十は、用心棒のすぐうしろに立つ佐七に声をかけた。

「へい……」

一つ返事をして、佐七は用心棒の横をすり抜けると、藤十の脇に立った。

「おまえは……」

六人の、驚く顔が佐七に向いた。

「今ごろ気づいたか。へん……」

佐七は、鼻息でもって六人を侮蔑《ぶじょく》した。そして、藤十の二本もつ足力杖のうち、片方を受け取ると三人の背中に回った。

藤十は、杖の先端につく鉄鐺《てつこじり》を用心棒の鼻先に向けて一歩繰り出した。喜三郎も、十手ではなく一竿子を鞘から抜き、八双に構えて藤十に歩調を合わせる。美鈴の構えは正眼で、切先を六人の誰にともなく向け、同じく一歩前に進んだ。

一歩二歩と、三人が前に繰り出す分、六人はあとずさりする。

ざくっと、白砂利を踏む音がしたと同時であった。

用心棒の一人が、美鈴に向かって斬り込んできた。まずは弱そうな者からとの判断であろうか。美鈴は咄嗟に刀の棟で白刃を打ち払うと、その勢いで用心棒の胴を打った。どすっと鈍い音を発すると同時に、浪人の一人は苔石《こけいし》の上に崩れ落ちた。

「見事だ、美鈴どの」

喜三郎が横を向いたのを、すきととったもう一人の用心棒が喜三郎を襲う。

「やっ」

用心棒はかけ声を発して、喜三郎の面を狙った。切先二寸で体をかわすと、喜三郎は一竿子の棟を用心棒の籠手に下からあてた。刀が天に向かって飛ぶ。用心棒は、落ちる刀を避けきることができなかった。切先のふくらが自らの右肩をぶち抜く。呻き声を発して、もう一人の用心棒も地べたに伏した。

藤十は、杖の鉄鐺を富岡と呼ばれた武家の鼻先に向けている。

「富岡十内だな？」

「どうしてそれを……？」

藤十の問いかけを、逆に訊き返したのは主風の男であった。五十歳がらみで、富岡文左衛門と知れる。富岡十内は、文左衛門より十歳ほど下に見えた。

「あんたが、万富の主か？」

「…………」

文左衛門は震えるだけで、返事はない。

「無言であるところは図星だな。きさまらの悪事には勘弁できねえ、覚悟しやがれ！」

藤十は、肚に据えかねた憤りを、富岡十内と文左衛門に向けて浴びせかけた。

「小癪《こしやく》な奴だ」

十内は、ゆっくりと刀を抜き、下段で構えた。白砂利を踏みしめる音だけが、しじまに聞こえてくる。

藤十は正眼にかまえ、足力杖の先端を∞の形で回し、相手のすきをうかがう。

ずいっと、白砂利を鳴らし藤十が半歩足を前に繰り出したときであった。

「十内、今のうちだ」

文左衛門が、藤十のかまえる足力杖の先をむんずとつかんで十内の助《すけ》に立った。

これはしめたと、十内は下段でかまえた物打ちを、逆袈裟で払い藤十の脇腹から胸にかけて斬り込んできた。

その間際であった。

藤十は足力杖の取っ手を捻って仕込みを鞘から抜いた。一尺二寸の鞘が文左衛門の手に握られ、刃渡り九寸二分の『正宗』を改良した刀剣部分が姿を現す。

藤十を打ち損ねた十内の刃は、勢い余って文左衛門の胴を払った。海に見立てた白砂利が、たちまちの内に赤く染まる。

「叔父き……」

自らの手で身内を斬った十内は、修羅《しゅら》のごとき形相を、藤十に向けた。

「うぬ、よくも」

十内の剣捌きは、美鈴の道場である誠真館で培《つちか》った、『真義夢想流』の舞いを見るような美しい流儀の欠片《かけら》もない、邪悪なものであった。

十内の抗いは、すでに藤十の敵ではなかった。一太刀を浴びせるもののあえなくかわされ、逆に藤十の反撃にあった。

すぱっ、とものを斬る手ごたえを、藤十は感じた。

白砂利の上に、十内の刀が転がっている。

「肩から、澱《よど》んだ血を抜いてやったぜ。これで、三人を斬り殺した不眠は治まるだろうよ」

右の肩口から血を滲ませる十内に向けて、藤十が言った。

「もっとも、生きていりゃあの話だがな」

半吉と竹松を十手でもって捕らえた喜三郎が、藤十のあとを引き取って言った。

数日後、半吉と竹松の白状で四人の殺しの真相が知れた。

麻布の百姓である茂平と治助、そして三次郎の三人は十内の手によって殺された。茂平と治助はともに口封じ、そして三次郎は裏切りの見せしめとして殺す。いずれも辻斬りに見せかけた犯行であった。その十内もやはり『逢麻』によって、心身ともに蝕まれていたという。

そして、喧嘩に見せかけた大八の殺しは、足抜けへの私刑であったと、痛め吟味《ぎんみ》で半吉が吐いた。

数日が経ち、藤十と美鈴は、双方の父である老中板倉勝清から呼ばれた。

「このたびは手柄であったな。おかげで、富岡十内の上役である普請奉行も捕らえることができた。まさかと思ったがのう」

「えっ……?」

藤十と美鈴の驚く目が、勝清に向いた。

「しかしだ、普請奉行は舌を嚙み切って死におった。これで、真相は闇の中となった。あやつらを陰で操っていたのは誰なのか。そして、何を目的にもって……。黒幕はまんまと逃げおおせたのよ。確たる証もなくなった今、つき詰めることはできぬ」

苦渋のこもる、勝清の声音であった。

「このことは、幕府の権威にも障ることなので黙っておいてくれ。ゆえにこれ以上のことは話すことはできぬ」

老中板倉勝清が口にも出せぬほどの、巨悪が奥に潜んでいるのは、やはりたしかなことであった。

——もう俺たちは、口を出さないほうがいいな。

普請奉行どころではないところまで勝清の話が飛んで、藤十はそんな思いに至った。そして藤十は、勝清に向けて頭を深く下げた。

「うむ……」

勝清は、藤十の気持ちをくんだ。

「これを機に、二人とも兄妹仲良く暮らせよ」

父勝清の言葉を胸に受け、藤十と美鈴は板倉の屋敷をあとにした。

老中板倉勝清が胸に宿す黒幕のことは、喜三郎と佐七には黙っておこうと、帰る道すがら二人は話し合った。

「これからも兄上、よろしくお願いします」

「ああ、こちらこそ……」

異母兄妹の長く伸びた二つの影が、江戸八百八町の喧騒の中へと、仲良く並んでとけ込んでいった。

一〇〇字書評

切り取り線

購買動機（新聞、雑誌名を記入するか、あるいは○をつけてください）

□（　　　　　　　　　　　　）の広告を見て	
□（　　　　　　　　　　　　）の書評を見て	
□ 知人のすすめで	□ タイトルに惹かれて
□ カバーが良かったから	□ 内容が面白そうだから
□ 好きな作家だから	□ 好きな分野の本だから

・最近、最も感銘を受けた作品名をお書き下さい

・あなたのお好きな作家名をお書き下さい

・その他、ご要望がありましたらお書き下さい

住所	〒				
氏名		職業		年齢	
Eメール	※携帯には配信できません	新刊情報等のメール配信を 希望する・しない			

この本の感想を、編集部までお寄せいただけたらありがたく存じます。今後の企画の参考にさせていただきます。Eメールでも結構です。

いただいた「一〇〇字書評」は、新聞・雑誌等に紹介させていただくことがあります。その場合はお礼として特製図書カードを差し上げます。

前ページの原稿用紙に書評をお書きの上、切り取り、左記までお送り下さい。宛先の住所は不要です。

なお、ご記入いただいたお名前、ご住所等は、書評紹介の事前了解、謝礼のお届けのためだけに利用し、そのほかの目的のために利用することはありません。

〒一〇一－八七〇一
祥伝社文庫編集長　加藤　淳
電話　〇三（三二六五）二〇八〇

祥伝社ホームページの「ブックレビュー」からも、書き込めます。
http://www.shodensha.co.jp/bookreview/

祥伝社文庫

覚悟《かくご》しやがれ　仕込《しこ》み正宗《まさむね》

平成23年4月20日　初版第1刷発行

著　者　沖田正午《おきだしょうご》
発行者　竹内和芳
発行所　祥伝社《しょうでんしゃ》
東京都千代田区神田神保町3-6-5 九段尚学ビル
〒101-8701
電話　03（3265）2081（販売部）
電話　03（3265）2080（編集部）
電話　03（3265）3622（業務部）
http://www.shodensha.co.jp/

印刷所　堀内印刷
製本所　ナショナル製本
カバーフォーマットデザイン　中原達治

Printed in Japan ©2011, Shōgo Okida ISBN978-4-396-33670-7 C0193

祥伝社文庫の好評既刊

沖田正午　仕込み正宗

凶悪な盗賊団、そして商家を標的にした卑劣な事件。藤十郎は怒りの正宗を振るい、そして悪を裁く！

浦山明俊　噺《はなし》家侍《かざむらい》　円朝捕物咄《とりものばなし》

名人噺家・三遊亭円朝は父の代までは武士の家系、剣を持てばめっぽう強い。円朝捕物咄の幕が開く！

風野真知雄　勝小吉事件帖

勝海舟の父、最強にして最低の親ばか小吉が座敷牢から難事件をバッタバッタと解決する。

坂岡　真　のうらく侍

やる気のない与力が〝正義〟に目覚めた！　無気力無能の「のうらく者」が剣客として再び立ち上がる。

坂岡　真　百石手鼻《ひゃっこくてばな》　のうらく侍御用箱②

愚直に生きる百石侍。のうらく者・桃之進が魅せられたその男とは。正義の剣で悪を討つ。

坂岡　真　恨み骨髄　のうらく侍御用箱③

幕府の御用金をめぐる壮大な陰謀が判明。人呼んで〝のうらく侍〟桃之進が金の亡者たちに立ち向かう！

祥伝社文庫の好評既刊

辻堂　魁　風の市兵衛

さすらいの渡り用人、唐木市兵衛。心中事件に隠されていた奸計とは？〝風の剣〟を振るう市兵衛に瞠目！

早見　俊　賄賂《まいない》千両

借り受けた千両は、なんと賄賂金。善次郎は、町奉行、札差、さらに依頼主の旗本にまで追われることに！

藤井邦夫　素浪人稼業

神道無念流の日雇い萬稼業・矢吹平八郎。ある日お供を引き受けたご隠居が、浪人風の男に襲われたが…。

山本一力　大川わたり

「二十両をけえし終わるまでは、大川を渡るんじゃねえ…」博徒親分と約束した銀次。ところが…。

山本一力　深川駕籠

駕籠舁《かごか》き・新太郎は飛脚《ひきゃく》、鳶《とび》といった三人の男と深川から高輪の往復で足の速さを競うことに――道中には色々な難関が…。

山本一力　深川駕籠　お神酒《みき》徳利

涙と笑いを運ぶ、若き駕籠舁《か》き！深川の新太郎と尚平。好評「深川駕籠」シリーズ、待望の第二弾！

祥伝社文庫　今月の新刊